中公文庫

サバイバル家族

服部文祥

中央公論新社

もくじ

子宝運のよかった古い平屋 9
二九年前 15
大勝負 25
アタリ嫁 32
お父ちゃんになる 41
第二子出産 ダブルブッキング 48
ある冬の一日 平屋時代 59
F尾連合町会駅伝チーム 68
第三子出産 私も産みたい 73
ある冬の一日2 平屋時代 80
初めての親子登山 86

不登校　91
自力と自転車と現代医療　95
カメの味とカメの教え　100
服部家、ゲタの家に移る　105
元服人力旅行　祥太郎編　109
繁殖日記　ヒヨコ編　118
狩りという学習　125
元服人力旅行　玄次郎編　129
濃厚脳みそ卵　136
繁殖日記　ニワトリヒナ編　142
偏差値に弱い父　149

長男と南アルプスへ　154
元服人力旅行　秋(しゅう)編　158
繁殖日記　ナツとヤマト編　166
滅亡日記　ニワトリ編　174
老鶏ホーム　182
庭ウンコサバイバル　188
玄次郎、高校を辞める　193
大ネズミ唐揚げ弁当　198
爺婆四天王のお楽しみ　204
ハットリ家の年末年始　209
長男、家を出る　213

引っ越しの主役――221
エアコンディショナー戦記――225
秋(しゅう)キャプテンの全中駅伝――230
父親不在の家族風景――239
長いあとがき　人類滅亡へのカウントダウン　244
対談
探検家の家族はつらいよ!?
服部文祥×角幡唯介(作家・探検家)　255
服部家のその後　276

サバイバル家族

子宝運のよかった古い平屋

「うちのいえってボロいの？」と小学一年生の玄次郎が聞いてきた。

「ああ？　ボロいな。うん、かなりボロい」

ふたりでお風呂に入っていた。現在住んでいる「ゲタの家」ではなく、借家だった昔の平屋での話だ。三センチほどの小さなナメクジがすぐそこの壁をゆっくり這っていた。湯船につかっている解放感から、私は深く考えずに玄次郎の質問に答えた。我が家のお風呂ではナメクジと蚊はほぼ毎晩、アシダカ君と呼ばれているアシダカグモの姿もときどき見ることができる。アシダカグモの子どもはかわいいが、成体のメスは手のひらくらいあり、カサカサと音を立てて壁を歩かれると、ビクッとする。それでもゴキブリの天敵なので、我が家では重要な同居人として扱われていた。

「だれかうちがボロいって、言ったか」と私は湯船の湯をすくい上げ、ぷはーっと顔を洗いながら聞いた。

「ううん」と玄次郎は首を振るが、歯切れは悪い。頭の回転が速い玄次郎は、気になることはすぐに目をくりくりさせながら聞いてくる。喘息持ちで、成長が遅い体質らしく、クラスのみんなで駆け出したら、最後に走ってくるタイプだ。

当時、私と家族は横浜北部の住宅街にぽつんと残された古い平屋に住んでいた。仮に私が玄次郎と同じクラスのいじめっ子で、なにか悪口を言うべき状況にあったら「あばら屋に住んでいるくせによ」と言うかもしれない。

登山を人生の中心に据え、山岳雑誌の編集手伝いをしていた一九九八年に、この古い平屋に引っ越してきたとき、書類には築三七年とあった。引っ越してきてから二年目に祥太郎が生まれ、四年目に玄次郎が生まれ、七年目に秋（女）が生まれた。子宝運のいい家で、都合、築四七年ということになる。

四畳半の真ん中には掘りゴタツがあり、お風呂に面した壁には、薪で焚くためと思われる穴の跡もある。廊下も玄関も妙に広い。対外的な間取りは三部屋と台所で３Ｋになるのだろうが、私と小雪は玄関と廊下を加え、我が家の間取りを３ＲＧＫ（３部屋・廊下・玄関・キッチン）と呼んでいた。その上、玄関と勝手口以外のすべての部屋から出入りできることも自慢だった。便所にも風呂にも台所にも大きな窓がついていて、その気になればそこからも出入りできた。

私はもう一度、「誰かがボロい家って言ったのか？」と玄次郎に聞いた。玄次郎は私から目をそらして、首を振る。

「いいか、もし誰かがうちの家をボロいって言って、そいつがマンションに住んでいたら、入口が一つしかない牢屋みたいな箱に住んでるくせによって言ってやれ、わかったな」と私は言った。「もし、新しい一軒家に住んでる奴だったら……」

「イッケンヤってなに？」

「マンションじゃない普通の家だよ」

「二階建ての？」

「そう、二階建ての。そんな家に住んでいる奴だったら、プラモみたいな家のくせによって言ってやれ」

「二階建ての家ってプラモみたいに壊れるの？」

「いや壊れない。パネル構造は頑丈だ。だがプラモみたいにすぐできて、安っぽい」

「本家のおばさんみたいな家だったら？」

我が家の裏には鎌倉街道の枝道があり、本家と呼ばれるような豪農型の家が広い敷地に建っていた。

「そういう家の奴にバカにされたら、おまえの家はかっこう良くていいなあって、言うしかないな」

ヤモリがいる家に暮らしたいとずっと思っていた。自分の住む空間と外界を遮断するべきではないと私は考えている。だからその時住んでいた平家は理想に近く、現在の家もその延長線上にある。

ヤモリやアシダカグモ以外に同居している生き物たちは、今も昔もアリンコ（子どもたちの食べちらかしをせっせと掃除してくれている）、ハエトリグモなどのカリュウドグモ系の蜘蛛（くも）たち、庭に出れば、ダンゴムシ、ワラジムシ、ジグモ、アゲハの幼虫、庭仕事の敵イラガの幼虫、夏にはセミやバッタやカマキリもやってくる。秋には秋の虫。戸の陰には名前の通りトカゲとカナヘビ。水槽に入れていたヒキガエルのオタマジャクシがカエルになって勝手に歩いている。アシナガバチが巣を作れば、幼虫が増えた頃を見計らって、とって食べる。B天池から捕ってきた亀のカメちゃんもいる。

さらには一メートルを超えるアオダイショウが床下に住み着いていて、年に一回ほど確認した。引っ越したゲタの家にもアオダイショウが二匹いたのだが、ニワトリのたまごを盗むので、捕まえて食べてしまった。そうしたらネズミが増えた。

飼っていた生き物は、フナ、トウキョウダルマガエル、エビ、ザリガニなど、雨樋（あまどい）の排水をタルに受けてそこに放し飼いにしていた。いつでも逃げられるはずのトウキョウダルマガエルは定住していたし、フナがときどき近所の猫に食われてきれいに骨だけになって放置されていた。夏はノコギリクワガタもカブトムシもたっぷり捕って飼っていた。すべて天然の横浜産。

子どもたちは幼いとき、同居している生き物たちをオモチャにした。

「俺の友達だからやめてくれ」と私は言った。

「友達なの？」

「アシダカ君とヤモリは重要な友達。ゴキブリは敵」

ゴキブリとは武士道に則って闘う。手にする得物は丸めた新聞でなくてはならない。

それらすべての生き物は我々が引っ越してくる前から、家や周辺地域に何代にもわたって住み続けている先住民である。彼らから見たら我々がニューカマーだ。誰が主人か彼らに意見を求めたら「こっちは代々ここに住み続けてるんだぜ」と言うだろう。

夏は耐え難い暑さだったが、それでも、三人の子どもたちをこの平屋で授かり、地域にも溶け込み、家族も我が家として愛着を持つようになっていた。だが、大家さんが亡くなって、相続の問題がうまく解決できずに、平屋は取り壊すことになった。我々は追い出されるように、二〇〇九年、現在住んでいるゲタの家に移った。

平屋は結局、取り壊されることなく、今は大家さんの親戚が住んでいる。散歩や買い物の行き帰りに、ときどきかつて住んでいた平屋の前を通る。私のお気に入りの、小さな生き物が蠢いていた一角が、モルタルで塗り固められたりしている。服部家の初期繁殖年代記が詰まった平屋は近くて遠い小さな故郷となった。

一〇代の後半から二〇代の頃はモテたいと強く思っていた。心ときめく異性と家庭をつくりたいという本能が強かったのだと思う。でもモテなかった。自分がイメージするようなかっこいい人間になりたいと必死に考えて取り組んだのが、山登りとものを書くことだった。

モテるために……。

友人時代の服部さんと、妻になった小雪と、三人の子どもたちからモテるために……。

うまく繁殖する方法をそれしか知らなかった。

ここに記すのはそんな私の繁殖奮闘記（犬猫ニワトリを含む）である。

二九年前

ガラス細工の人形かと思った。足を横に流すようにして部屋の奥に座っていた。その人形が、私とエツ（越子）を見て「あっ」という形に口を動かした。

その女性は目と頰の動きで軽く挨拶しながら、読んでいた本を閉じた。岩崎元郎さんレベルの山岳ガイド兼ライターになると、こんな美人の秘書を雇えるのか、と言葉を失っていると、岩崎さんが「座談会の参加者の服部小雪さんです」と彼女のことを紹介した。

薄汚い格好をした典型的な登山者の私やエツと同好の士とは到底思えなかった。

少し薄めの唇が彼女の知的なイメージを際立たせていた。私は一目見た瞬間から多くの神経を彼女のために使い、いいところを見せようとはしゃいで自己アピールする宣伝男と化した。下心丸見えであることは自分でも感づいていたのだが他に道はなかった。

それは山岳雑誌が企画した「大学のクラブで山登りをする若者の座談会」だった

（「岳人」一九九一年一一月号）。エツは高校時代の同級生で、高校山岳部から明治大学のハイキング部の女主将をへて、岩崎さんの無名山塾にちょこちょこ顔を出していた。座談会のまとめ役を編集部から依頼された岩崎さんが「面白い若手いないか？」とエツに相談し、大学から本格的に登山をはじめ、精力的に日本中を登り歩き、いっぱしの登山家として世の中に認められたいと背伸びしていた私を推薦してくれた。服部さんは業界では少々名の知れた女子美術大学のワンダーフォーゲル部の副将。主将のK野がこの手の集まりが苦手なため、代打でやってきていた。

座談会を終え、トンカツをごちそうになり、山手線に乗った。数駅だけ岩崎さんもエツも服部さんも同じ方向だった。混み合った電車の中で一緒に立つと、服部さんは思ったより背が低かった。服部さんは小さなザックから、半月後に開催される女子美祭の案内をみんなに配った。

他の二人に渡したからついでにという感じだったが、なんとか連絡先を知りたいと思っていた私にとって、その案内状は光り輝く未来へのチケットだった。「絶対に行く」と思いながらも、どう言ったらタフでダンディなんだとバカ丸出しで悩みながら、結局「ひひひ暇だったら行くよ」とひねり出すのが精一杯だった。

アパートに帰り着くと、空気が抜けるようにへたり込んでしまった。万年床に突っ伏しながら「いったい数時間前の出来事はなんだったのだ」と考えた。服部さんを一目見た瞬間に、頭の中には一等賞当選の鐘の音が響き渡った。だが本当にアタリなのか？　ひとときの熱病のようなものなのではないのか。運命の出会いなんて世の中に存在するのか？　私が勝手に魅力を空想してでっち上げているだけではないのか。というかアタリだとしても私が当選したわけではない。

はしゃいでいただけに、時間が経って冷めてくると、一時的な気の迷いのように思えてきた。

だが結局、翌日になっても、彼女のことは頭から離れなかった。授業はスルーしてワンゲルの部室に行き、座談会のことを部員に聞かれると「それが、すげーいい女がいてさ」と、服部さんの話しかしなかった。

彼女は頭の中で日に日に美化されていった。天使からより格上の女神になるのも、もうすぐだ。二、三時間話しただけなのにそれでいいのか。やはり真実を確かめにいかなくてはならない。それは私の中にまだ零コンマ数パーセント残っていた冷静な部分を納得させるための、自分へのいいわけだった。

一九九一年一〇月二七日、その日は雨になり、山に行けなくて暇だからという口実にちょうど良かった。それでも行くかどうか直前まで悩んでいたので、行くと決めても着ていく服がなかった。街で着ることができるシャツを三着ほど引っ張り出し、並べて臭いを嗅いで、いちばん臭いがしないシャツを着た（そのため一日中、自分が臭いのではないかと気になっていた）。

「服部さんが自分が思っているほどの女性なのか、それを調べるために俺はここに来たのだ」と誰に聞かれたでもないのに弁明しながら、女子美術大学の門をくぐった。

ワンゲルの屋台を探し、後輩の部員と思わしき女の子に「と、と、都立大ワンゲルの」と極度の緊張で噛みながら挨拶した。

「服部さんなら校舎の喫茶店にいますよ」と明るい答えが返ってきた。

「へ？」

つっかえながらひねり出したのに、運命の再会は先延ばし。ふう、と息を吐いて緊張から解放された。だが、校舎に入るとすぐにワンゲルの喫茶店になっている教室が見つかった。心が定まる前に見つかってしまった。入口で行ったり来たりすることもできず、受付の人に「服部さんの……」と彼女の名前を告げることで、自分がそこにいる正当性を再びアピールして、教室に入っていった。

私は確信した。

アタリだ。

黒いジーパンにベージュのエプロン。スタッフであることをそれとなく示す頭に巻かれた赤いバンダナ。後光が全体を包み込むように透けている……のは、単に背景が窓だから、ではないハズだ。遠くで美しい天使の賛美歌が流れている……のは私の耳鳴り、ではないハズだ。ともかくアタリなのだ。

ひと月前、私は熱病に罹っていたわけではなかった。もしくはいまこの瞬間、もう一度、ひと目で二度目の服部熱に感染し、一気に重篤になったのかもしれない。どっちでもいい。どちらにせよ、この女性はアタリなのだ。

服部さんが私のことを忘れているわけはないと思ったが、おどおどと彼女に近づいていった。私を見つけた彼女は「まあ、来てくれたの」と素直に喜んでくれているようだった。彼女の一挙一動、言葉のすべてを、一つも漏らすことなく捉えようと全感覚器官が脳内で競い合い、混乱した。

「なに飲む？　おごりだから」と彼女は小さなメニューを出した。

一メートルほどの空間を隔てた彼女を全身で感じるのに忙しく会話がおぼつかない。

「な、なんでもいいよ」

「いろいろあるから選んで」

確かにいろいろ並んでいた。

「おすすめは？」

「これなんかどう」と彼女は花の匂いのついた紅茶を示した。

「あ、それで」

クラブの活動を報告するアルバムや年報を数冊持って来てくれ、私はそれをテーブルに積んで紅茶を飲んだ。写真を見る振りをしながら、チラチラと彼女を盗み見た。彼女はいくつかの作業を同時にこなしているようだった。私の妄想癖にスイッチが入り、彼女の背景に未来のマイホームのキッチンを当てはめていた。

二〇〇ミリリットルにも満たない紅茶など一口で飲み干してしまった。ジッと彼女を見つめつづけているわけにも行かず、視線を泳がせていると、彼女が作品展示会場に案内してくれた。玉石混淆した展示の中で、彼女の絵は地味な色を力強いタッチで使う感想の言いにくい油絵だった。芸術への造詣の深さを表す、的確で格好いい褒め言葉、と自分に注文を出したが、ひっくり返した脳内の抽き出しに一秒で見つかるサンプルはなく、「えーと、うん、よろしいんじゃないですか」としか言えなかった。

喫茶店に戻らなくてはならない彼女が細い腕を伸ばして校舎と展示の概要を説明してくれた。彼女に見とれていてほとんど聞いていなかった。

ぶらぶらと時間を潰して喫茶店に戻った。帰ってしまうのもなんだし、かといってやることもなく、少し居心地のわるい時間を過ごしていたら、OGの一人が相手をしてくれた。美人でエネルギッシュな人だったが、その人の話に集中することができず、適当に相づちを繰り返した。そこに有名私立大学のワンゲル部員（男）がやって来て、言葉をかけられたので、恋敵かと早合点して「都立ワンゲルの」と凄んだら、それきりどこかに行ってしまった。

服部さんと主将のK野が気を遣ってくれて、飲みに行くことになった。校門でちょっと待ってててと言われて、私は雨の中、校門の周囲をぐるぐると散歩した。さっきの私立大のワンゲル部員Sが来て「ここで待ってろって」と言った。二人が出て来るまでの一時間で私は女子美術大学杉並校舎の校門周辺にかなり詳しくなった。

その日はビールがよく入った。三人が私の飲みっぷりに驚くのが気持ちよかった。いい気分になって、タバコまで吸いはじめたら、服部さんが「子どもができたらタバコはやめてね」と言い、この一言で、私の妄想はふたたび彼女との家庭に飛んでいった。

だいぶ飲んだ頃に彼女が電話をしてくると席を立った。

「彼氏かもね」とK野が言った。

冷水をかけられたようだった。なぜ、私は彼女がフリーだと思っていたのだろう。彼女ほどの女性に彼氏がいないわけがないではないか。

酸欠の金魚のようになりながらも、「服部さんに彼氏がいるの」となんとか絞り出した。あからさまに私の顔色が変わったのはK野にもわかったはずだ。

「さあ」とK野は言うだけだった。

感情が揺さぶられた。揺れすぎて、魂が心の内壁にどすん、どすん、とぶつかっていた。アパートのある八王子まで帰れるかどうか微妙な時間になっていたが、一秒でも長く彼女といることを躊躇(ちゅうちょ)なく選んだ。結局、終電にギリギリ間に合ったが、そのこと以外に帰路の記憶はない。

アパートの万年床で気がつくとまだ早朝だった。三時間ほど気を失っていたようだ。そのまま昨日の一日を回想した。彼女が口にしたことを、最初から一言も漏らさずにすべて頭の中で繰り返した。数回繰り返しているうちにまた寝入っていた。

その日の夜も眠れなかった。翌週に都立大で開催されるメポタン祭に服部さんを誘うという発想を得たからだ。布団の中でずっと、彼女と校内を散歩するイメージトレーニングを続けた。

大学生協で売っている大学の校舎の絵はがきを案内状にした。返事はなかった。私は学祭当日、期待して待ち続けた。ワンゲル部が学祭で出す伝統の焼き鳥屋には一年生のときからまったく興味はなく、販売も焼く作業も他の部員に任せ切りだったが、その年だけはずっと屋台の前に立っていた。

三日目、ようやく女子美の面々がやって来た。だがメンバーは、K野と二人の後輩で、服部さんの姿はそこになかった。

来たという高揚から、本命不在という大墜落は、私の心の破壊強度を超えていた。端から見てもしょんぼりしているのがわかったのだろう、K野が「本当は服部サンに来て欲しかったんでしょう」と意地悪い目つきで言った。

「うん……」失意でつい本心が漏れてしまった。ふと我に返ってさらに狼狽し、「いや、あの……」と取り繕ろうのが精一杯だった。

「彼女も家族とかいろいろ大変なのよね」とK野はまた思わせぶりなことを言った。

その言葉ですぐさま妄想ロケットが発射されたものの、村田（私の旧姓）家は自立を推奨するドライファミリーなため、私には家族のことで大変だった経験がなく、ロケットは行き場を失って頭の中で迷走するばかりだった。

女子美の三人を大切にするのが彼女に繋がる細いラインだと思い、落胆を隠して学校を案内した。女子美のＯＧが描いているという講堂の壁画を、四人で見た。

学祭から数日過ぎて、私は彼女に手紙を出すことにした。当時は携帯電話などなく、メールもごく一部のコンピューターオタクだけのアイテムだった。彼女の心をつかむために、ジュエリーなどの偏差値の低い贈り物ではなく、なにか気が利いていて、重くなくて、私の人格さえ上げてくれるものはと必死で考え、ワンゲルＯＢについての本を献本するという口実をひねり出した。ＮＨＫカメラマンとして取材中に雲仙普賢岳の火砕流に巻き込まれた先輩のノンフィクション。その先輩は現役時代、登山センスと行動力でクラブを牽引した伝説の部員だった。先輩が火砕流に巻き込まれたことは重大事故として何度も報道されたので、彼女も名前くらいは知っているだろう。最後は肺のヤケドに感染症が合併して殉職するという結末なので、ラブレターにはちょっとふさわしくないが、「かわいい後輩に免じて、先輩を利用することをお許しください」と神頼みにも似た願をかけ、手紙の最後に「今度、二人で会いませんか」と私は書いた（手が震えた）。

彼女からの手紙を待って落ち着かない日々を過ごした。数日後、大きなはっきりした字で宛名の書かれた服部さんからの手紙が届いた。

怖くて、見たくなかった。その割には、急いで封を切った。

だらららときれいな字に目を通していく。本の感想や読んだ状況の報告を読み飛ばしていくと、最後に「今は好きな人がいるのでお誘いには添いかねます」と書いてあった。

なんとなく予想はしていた。だがショックだった。なんとなく駄目という失恋はこれまでもあったが、はっきりと砕け散った失恋は、はじめてだった。

失恋は人を成長させるという。

嘘だ。ただただ悲しいだけだった。

大勝負

「私、結婚するの」と服部さんが電話口で言った。雑誌の座談会のメンバーとしてはじめて顔を合わせてから丸五年が過ぎた、一九九六年の一〇月のことだった。

私はその夏にカラコルムのK2（八六一一メートル、世界第二位の高峰）に登頂し、そのお祝いを兼ねて五年前の座談会のメンバーで集まろうとエツが声をかけてくれた。

そのとき私は別の女性と付き合っていたが、心の底で服部さんのことをずっと引きずっていた。しっかり振られたにもかかわらず、自分なりの登山ができたときや、海外を旅行したときは手紙を出して、「なんとなく友人的」地位を確保していた。年賀状も欠かさず出した。

五年前に失恋したとき（じつはその後もそれとなく服部さんにアプローチしてうまくかわされていた）に強く思ったのは「今の俺という人間ではダメなんだ」ということだった。平均的な大学生よりは「高いところにいる」つもりだったが、意中の人を惹き付けるほどの魅力はまだ私にはないのだ。そもそも乗っている土台が貧弱でその上に立つ塔もひょろひょろだった。もっと土台から大きく高く、山のようになれば、その上に塔なんか立てなくてもいい。一回降りて、全部壊し、まっさらにして、もう一回、いちから巨大な土台を作ろうと私は考えた。

たとえばK2はその土台の一部だった。服部さんにはK2に行くことも伝えてあったし、登頂したこともいち早く伝えてあった。

エッと服部さんと吉祥寺で待ち合わせ、焼き鳥屋に行った。服部さんは中学校の美術教員になっていて、ちょっと痩せていた。私は凱旋だったので、イケイケどんどんにぎやかに登頂までの艱難辛苦を報告した。エッも服部さんも近況をちょっとしゃべったが、服部さんはやっぱり元気がなかった。私は焼き鳥屋のちゃぶ台を挟んで座っている服部さんを見ながら「やっぱりこの人いいなあ、好きだなあ」という思いをあらたにしていた。「この人に好かれている幸せな野郎は、いったいどんなヤツなんだろう」

もしかして服部さんも状況が変わっているかもしれない。八〇〇〇メートル峰の登頂者ということに変な自信をもって、もう一度、服部さんにアプローチしてみることにした。

数日後の日曜日の夕方に電話をかけた。やはり電話口の服部さんはあまり元気がなかった。

「今度どこかで、会いませんか」と私は言った。

「じつは、先日、伝えなきゃって思っていたんだけどうまく言えなくて……」

私は根拠なく良いニュースがつづくのだと思い、受話器を耳に押し当てた。

「私、結婚するの」

え、俺と？　と一瞬、思ったが、いまの話の展開を頭の中で繰り返して、私以外の誰かと服部さんが結婚する、と理解し、激しく狼狽して、言葉を失ってしまった。

「え？　えーと、えええ？」と完全に取り乱し、「うーん、申し訳ないけど、俺はおめでとうとは言えない」

「うん」

「それじゃ」と言葉を交わして電話を切った。

茫然自失――魂を抜かれて万年床に寝転がり、そんなそんなそんな、と三時間ぐらい考えていた。尿意やノドの渇きが生きている自分を意識させて鬱陶しい。

モヤモヤした思いはとても自分の中では処理しきれないほどに膨らんで、寝転がったまま受話器を取って、高校時代に強く憧れていた同級生のK村（女）に電話した。

私の人生は、好きだった女性を王朝のように並べることで歴史年表さながらに表すことができる。高校一年生から浪人、大学の一年生まで、年表ではK村時代である。その後小さな別の王朝があり、大学三年の一〇月からずっと服部時代（途中小さな反乱あり）がつづいていた。

高校時代、K村には結局、自分の口ではっきりと好意を伝えることができなかった。告白したら玉砕するのがわかっていたので踏み込めなかった。高校という閉鎖された世界で、告白して、玉砕し、関係がぎくしゃくするより、そこそこ仲がいい友だちを続けていくほうを私は選んだ。

当時スクールカーストという言葉はなかったが、その言葉を使うならK村はカーストのトップに君臨する華のある陸上部女子だった。私は平民というよりはカースト外にいるジプシー的な垢抜けないハンドボール部員だった。それでいて、K村への憧れを持ちながら、距離を縮めるための一歩を踏み出すことはできず、それでいて、卒業後も彼女の人間的な魅力と憧れの異性という未練をのこしたまま、ほそぼそと連絡をとっていた。

五年前、服部さんという魅力的な女性に出会ったことで、私の中で王朝がかわり、少し自然体でK村に接することができるようになっていた。服部さんのことは伝えてあったので、このとき甘える対象としてK村が最初に頭に浮かんだのだ。

「服部さん、結婚するんだって」と電話に出たK村に私は言った。

「それで」と怒気を含んだK村の意外な反応だった。

「いや、だから、結婚しちゃうんだよ。もうダメなんだよ」

「なに言ってんのよ」とK村は声を裏返して怒った。「まだ結婚していないんでしょ。

結婚して欲しくないんでしょ？」

「そりゃそうだけど……」

「うじうじ愚痴ってないで、止めにいけばいいじゃない」

「え？」その発想はなかっただけに驚いた。「お前、それ、相手にわるいだろ？」

「なぁに格好付けてるのよ。考えてもみなよ。もし止めにいってダメだったら、どうせ二度と会わないんだから、気にすることないじゃん」

そうか……。ダメ元でさらいにいって、それでもダメだったらすっぱりあきらめればいい。最後のチャンスがまだ残されているのだ。指をくわえてうじうじ見ていたら、一生後悔するかもしれない。

「そうだな、確かにそうだ」

「がんばってね」とK村は電話を切った。

翌、月曜日の夕方、「今日はちょっと用があるので」と私は編集部の席を立った。

K2の遠征から帰国した私は、K2登山の報告を「岳人」に不定期連載した縁で「岳人」のスタッフとして働きはじめたばかりだった。まだ見習い期間なうえに、月末にさしかかって編集作業が忙しくなりはじめていたが、先輩の編集者たちはなにも言わずに私を見送った。なんだかわからない決意がみなぎっていたのだろう。

昨夜、K村との電話を切ってから、夜、朝、仕事中と、ずっと服部さんになにをどう言えばいいのか、考え続けていた。

結婚を控えてラブラブで盛り上がっている女性に、横からやめろと言うのはどう考えても非常識だ。本人の意志を否定するとは、その人を否定することである。何度考えても、結婚すると決めた服部さんの判断を私が否定する合理的な理由やもっともな理屈はなかった。権利もない。そもそも思い切り振られている。ただ、強い想いだけはあった。

もし私が服部さんと結婚することになっていて、そこに誰かが「やめろ」と止めに来たら、「ばかにすんな」とキレるだろう。

じゃあ、どうすれば服部さんを説得できるのだ。

品川にあった編集部から山手線に乗り、西武線に乗り換えて服部さんの自宅の最寄り駅へ向かった。呆れて愛想を尽かされたり、罵声(ばせい)を浴びせられたり、怒られたり、嗤(わら)われたりということを覚悟した。彼女の性格的に平手打ちが飛んでくることはないだろうが、コップの水をかけられるくらいはあるかもしれない。

それらのうちの一つも起こらず、もし演説をはじめられるなら、ほんのすこしの可能性があると考えていいのだろうか。そのときは「想いをすべて言葉にして、力尽きるまで打ち込む」と何度も何度も自分に確認した(イメージは空条承太郎(くうじょうじょうたろう)のおらおらパンチ)。

駅前の公衆電話から電話をした。服部さんは帰宅していた。いま駅前にいることを告げた。この時点で拒否される可能性もあった。出て来て欲しいと頼んだ。考える時間を与えない奇襲。

困惑顔の服部さんがやって来て、ファミレスに入った。私はビールを頼んだ。まじめな話をするときに飲むものではないとわかっていたが、アルコールの力を借りずにいられなかった。

「服部さんの結婚を止めに来ました」と私は言った。自分で言ってドキドキした。隣のテーブルの人が聞き耳を立てているのではないかと少し気になった。

困惑顔の服部さんは怒り出すことも、席を立つこともなかった。そこにかすかな希望を見いだし、私は言葉を続けた。

とにかく一回結婚を白紙に戻して欲しい。

将来的には私と結婚して欲しいというのが希望だったが、いまこの場でいきなりそこまでは求められなかった。だが、ただやめろと言うだけでは無責任であることもわかっていた。だから私はすべてをぶっ飛ばしてプロポーズするしかなかった。

「俺と一緒に暮らしたほうが絶対面白いから」

アタリ嫁

夫婦のなれそめというのはゴシップ的に興味を引くのかもしれないが、別に言いふらすことではない。あえて秘密にするというのも意識過剰である。猟師とケモノの出会いと同じように、神懸かり的な偶然のようでもあり、積み重ねた先にある必然ということもできる。当人たちが思いたいように思っていればいい。

初めて服部小雪に会った瞬間に、私は「嫁さんみーっけ」と心の中で叫んでいた。実際に口に出さなかったところが奥ゆかしい。狩猟で『いた！』と思うのに似ているかもしれない。ただ、それから実際の嫁さんになってもらうまでに五年を要した。

「女は星の数ほどいる」という言い回しが、男側で使われるが、地球の人口の半分が女だとして三五億、適齢期が二割だとして七億人。その中で実際に縁があって知り合うのは何人なのだろうか。

正月、近所のF尾神社の初詣のおみくじは、箱にどっさり入れてあるものを各自が取るというスタイルでやっている（一回一〇〇円）。おみくじにはそれぞれ番号が振ってあって、良い番号は「大吉」である。一番や八番、百番などは大吉なのだ。

毎年私は箱を覗いて、いい番号が目についたら、一〇〇円払ってそれを「引く」。あまり良い番号が見えない年はおみくじを引かない。

「おみくじの意味ないじゃん」と小雪は言う。

そもそもおみくじなんかで運勢がわかるはずがない。交通事故で亡くなった人が、その年の正月にどんなおみくじを引いていたのか、追跡調査すればわかるはずだ。もし運勢というものが実在し、それが一〇〇円でわかるなら、最初からアタリを自分で選んで気持ち良くなったほうが運も上向く、と私は考えている。

パートナーの選択も似たようなものである。女はたくさんいるけど、いい女はあまりいない、と私は若い友人によくアドバイスする。「ウチの嫁はアタリだから」とは、私がよく口にするセリフである。

なにがアタリなのかというと、まず顔である。「顔」とは「人相全般」を指している。自分の存在とは何かをそれなりに考えていて、懐が深いというか度量が広いところもアタリである。アタリくじは少ないので、見つけたらなんとしてでも「引く」努力をしたほうがいい。

一人の人間は、物質的な単体として連続する一つの意識を生きている。同時に二カ所に存在したり、同時に別々のことを体験したりはできない。なにかをするには、別のなにかは犠牲になる。自分の選んだ道が自分にとって最良なのか、比較的良いのか、ぼちぼちなのかを、別の人生と比べることはできない。本当はもっと良い何かがあるのかもしれないと心のどこかで思いつつ、とりあえず目の前の道を手探りで進んでいく。結婚を間近に控えたカップルのすべてがラブラブなわけではなく、何割かは自分の選択に不安を抱えている。そして不幸なことに、不安を抱えているのは、カップルのどちらか片方である。

結婚を目前にして、もしかして違うかもと気がつき始めたものの、そのときはもう引き返しにくい状況になっていた。服部さんもそんな状態にあったらしい。ファミレスの演説のあと、服部さんは家族会議を招集して二週間後に迫った結婚をとりやめたいと発表した。私はその場にいるわけにはいかないものの「どこか近くで控えていようか」と提案したが、「大丈夫だから」と逆になだめられた。

「一週間ぐらいどこかに逃げちゃおうよ」と駆け落ち的なことを勧めたが、それも断られた。私は相手の男性に一発くらい殴られても仕方がないと、青春映画的なことを考え、相手が満足するくらいの手応えを与えたうえに、脳に障害が残らないように上手くうしろに吹っ飛べるかな、などと妄想していた。だが服部さんは結婚しないことになったと言う以外はそのことには触れず、私もそれ以上は聞くことはできなかった。

私は急速に服部さんとの距離を縮め、服部家に出入りするようになった。インドやパキスタンから手紙を書いてくる面白い若者というキャラが学生時代から小雪の両親の中では固定されており、すぐに打ち解けることができた。

結局、私と服部さんは結婚した。入籍したのは演説から九カ月後の九七年の七月七日である。

「七夕に入籍なんてロマンチックね」という人がいる。七夕は「一年に一度しか会うチャンスが来ないカップルの日」なので、決して縁起の良い日ではない。取材登山に出るついでに、役所に寄った日がたまたま七夕だっただけだ。

入籍からしてそんな感じだったので、私は結婚後も登山ペースを崩すことはなかった。

私は山に登ることを生業(なりわい)としている登山家である。正確には企業の契約社員として、その企業が発行する山岳雑誌の編集をおこなって生活費を稼いでいる。だが、求められているのは編集能力ではなく、山の知識と山岳関係のネットワーク、そしてなによりも山へ取材に行く体力と技術だと私は認識している。

就職、結婚、出産は登山の三大ハードルと言われている。実際にそのどれかを境に登山を辞めて行った知り合いは多い。

「山と私とどっちが大切なの」とつき合い始めのころに問いつめられたという報告は、山ヤ定番のおのろけ話だ。全人格をかけて登山に打ち込んでいる人間から、山を取り上げたら、マネキンのような空虚な人間しか残らないということに、恋愛ドーパミンに侵(おか)された脳みそは気がつかない。

私は登らなければ生活費が稼げないので、その手のツッコミをかわすのは楽だった。生活費を登山から得ている以上、仕事の山は登らなくてはならない。問題は、取材で登らなくてはいけない山だけではなく、個人的に登りたい山にまで、子どもが生まれようが、その子が風邪(かぜ)をひいて寝込もうが、登ってきてしまったことである。

ただ、私なりに少々、気を遣って妥協もした。第一子の祥太郎が生まれた年には一二〇日山に入っていたのが、二人目の玄次郎が生まれた年は一〇〇日ほどに減り、三人目の秋が生まれた年は八〇日にまで減ったのだ。

そう、我が家には子どもが三人いる。

私も若い頃はアルパインクライミングの正道を歩もうとしていたので、ヨーロッパやヒマラヤなどの高峰に憧れて、実際に登りにいった。現在では登るということ以上に、生きるということに興味を持ち、もっと泥臭い登山を好んでいる。その結果、食料と装備を限りなく少なくして山を長く歩くというスタイルを生み出した。岩魚(いわな)を釣りながら、山菜を採り、焚き火を熾(おこ)して、野宿するサバイバル登山と呼んでいる山登りである。サバイバル登山は長期間でないと意味がない。山にとけ込むような登山は、長く山に入って、空気も、水も、食料も、火も、すべて山のものを身体の中で循環させることでようやく旅となるからだ。そういうわけで私は、年に二度も三度も、一週間から一〇日、長ければひと月ほどの登山をおこなってきた。さらにそれぞれの長期山行の準備として、夏ならフリークライミングと渓流釣り、冬には狩猟とスキーのために毎週のように山に通った。

そんな冬のある日曜日の夜、狩猟から家に帰ると、ストーブの前で小学生の玄次郎（第二子）が吐いていた。子どもらしくなく小さな洗面器でゲロッパチを器用に受けている。

「おいおいどうしたんだよ」と言う私に向ける家族全員の視線が冷たかった。

「ノロウイルスにやられてんのよ。ぜ・ん・い・ん」と小雪が私をにらんだ。

そしてどのようにして我が愛すべき家族がノロウイルスに倒れていったかを妻はダイジェストで説明した。言外には、激動の週末をサボタージュした私に対する恨み辛みだけではなく、危機的状況を父親抜きで生き抜いてきた家族の連帯感が感じられた。

それゆえ私はつい言ってしまったのだ。

「大変だったなあ。でも人生経験が増えてよかったジャン」

登山とは経験主義をそのまま具現化した行為だ。死なない程度に苦労することで人は強くなっていく。無色透明で平坦な毎日を重ねるより、劇的な体験にともなう感情の起伏があった方が人生は楽しい。そう信じる夢見る合理主義者が、わざわざ危険な山に足を向けるのだ。

だが経験主義的立場からおこなうノロウイルス体験への評価は、このとき私が口にすることではなかった。

「○×△！」と小雪は意味不明の叫びを上げた。

小雪に言わせれば、似たような事件や発言は何度かあったらしい。「らしい」という推量の域をでないのは、夫婦は相方の落ち度はよく覚えていても、自分の落ち度は忘れてしまうものだからである。

以上のことから、私は子育てに関することを表明しにくい立場にある。少なくとも私が小雪の前で父親面(づら)するのは、虎の尾を踏むようなもので、台所の奥で妻の目が鋭く光っている。

だが、そんな私にも教育方針や理想の家族像のようなものはある。

ひとつ、あいさつは家族同士でもちゃんとすること。

ひとつ、食事時は自分の姿勢がシンメトリックになるように座ること。

ひとつ、歯の健康を維持すること（歯磨きをちゃんとすること）。

教育というよりは、親も含めて家族をまともに維持するルールのようなものだ。人生をまともにする法則といってもいい。

あいさつに関しては、コラムニストの天野祐吉(あまのゆうきち)が「空気は酸素と窒素とあいさつでできてる」（バージョンがいくつかある）と新聞に書いているのを見て生まれた。まったくその通りである。だが、私は生来内弁慶なところがあり、あいさつが苦手だった。そのため、子どもがしゃべれるようになったのを機にちゃんとあいさつをしようと決めた。健康状態と機嫌を顔色から隠すことはできない。目を合わせてあいさつができれば健康管理とコミュニケーションは大丈夫だ。

食事時にシンメトリックな姿勢をとるということに深い意味はない。あえて言えば非対称な姿勢で食事をしているのが格好悪いからである。シンメトリックな姿勢で食べる日々の食事は、手作りが大前提である。手料理を食べさせていれば子どもはグレないと私に熱く説いたのはワンゲル部の後輩だ。根拠は不明だが、なるほどと直感的に同意して、これは私の家族の決まりにしようと学生時代に決心した。後に、その後輩がMドナルドが好きということが発覚し、しかも家庭を持ったそいつの家に遊びに行ってこっそり包丁を手に取ったら、研いだ形跡がまったくなかった。ちゃんと手料理を食べさせているのか心配だ。食べ物は生きることのど真ん中である。まともな食べ物をちゃんと食べて、家族が上手くいかなかったら、それはもうしょうがない。というわけで歯磨きもそこに続く。老人ホームで「心残りなことは？」というアンケートをすると「若いとき、ちゃんと歯磨きをしなかったこと」というのは最上位に来るらしい。燃えるようなラブロマンスより歯磨きが人生には重要なのだ。

登山のペースは崩さず、小雪には苦労をかけた。登山にも猟にも、ニワトリにも犬にも猫にもミツバチにも、最初は常識的な反対意見を口にするが、蓋（ふた）を開けるとどれも受け入れて楽しんでいる。あばら屋のすきま風も、灰だらけの薪ストーブも、トタン屋根の夏の暑さも、ヤブ蚊だらけの庭も受け入れている。

世界は自分とまったく無関係に存在する。自分はいてもいなくてもまったく世界には関係ない。それでいて世界は、自分の感覚器官と神経系を通してしか認識できない。自分は世界の中心ではないのに、世界は自分を中心にしか認識することができないのだ。

それを意識できるかできないかで、人としてのアタリハズレの大部分が決まると私は考えている。

お父ちゃんになる

小雪の身体に触れると、微妙に熱を持っていた。女性は生理周期によって体温が変化するが、なんだかいつもの周期と雰囲気も、熱の帯び方も、顔つきも違う感じがした。

「生理どうなっている？」

「うん？　そういえば……」

「やったぁ」と、私は喜んで「産婦人科に行ってきなよ」と促した。

小雪は半信半疑のまま、近所の産婦人科に向かった。

それまでも妊娠かなと思われたことは二回ほどあった。そのときは生活がまだゴタゴタしていてあまり歓迎すべきタイミングではなく、薬局で売っている簡易検査で調べて、妊娠していないことがわかり、ちょっと胸を撫で下ろしたりした。だが、今回は「あたった」とピンと来た。簡易検査をせずに産婦人科に行った小雪は満面の笑みで帰って来た。私は、直感的に妊娠していることがわかっていた上に、そのときちょうどサッカー日本代表が試合をしていたので、私は小雪の懐妊報告をうわの空で「あそう」と聞き流した。

後年「第一子を身ごもったことを聞いて（私が）まったく喜ばなかった」と、小雪はくどくど言い続けることになるが、話が逆だ。私は懐妊を確信しており、気がついた時点で、充分に喜んだので、検査後時点では腑抜けのようになって（サッカーに集中して）いたのだ。

小雪が祥太郎を身ごもったのは、立ち会い出産が見直されつつある頃だった。経験できることはなんでも経験したいと思っていたので、私は出産にも立ち会いたいと思っていた。

生命とは、いろいろ感じて体験して自分なりに世界を認識して（いずれ壊れて）いく装置なのではないかと思っている。実際に、いろいろ体験した人は、タフで格好よく見える。ＡＩが人間を越える技術的特異点が巷で話題になっているが、人工知能が学習と計算を指数関数的に速くしたとしても、自分の身体という感覚器官で時空間を感じて思考と感覚をフィードバックして行かない限り、アンドロイドに人間を越える瞬間は来ない……という主張に私は説得力を感じる（それを越えるからこそ特異点なのかもしれない）。

というわけで、立ち会い出産をしようと思ったのだが、一九九九年の横浜市立市民病院産婦人科は、立ち会い出産を許可していなかった。夫は事前に病院の講習で、妊婦との生活、産後のケア、新生児との生活に関するレクチャーを受け、実際に生まれる直前にはその講習で教えられた「ひーひーふー」という呼吸法を妻と一緒にやったり、テニスボールで尾てい骨のあたりをマッサージするのだが、いざ生まれるとなったら、お腹の大きな小雪はドアの向こうに消えてしまったのだ。

前日まで生まれてくる子どもに勝手な夢や希望を持っていたが、いざ生まれるとなると、扉の前でぎゅっと目をつむり「健康で無事に生まれれば、なんにもいりません、なんにもいりません、なんにもいりません」と繰り返し祈った。

しばらくして「おぎゃー、えっえっえっ」という典型的な赤ん坊の声が聞こえた。「うわぁ、俺の子が生まれたぁ」と感激が押し寄せてくるのだが、心のどこかで「もしかして、少し前に分娩室に入った別の奥さんかな?」と一〇〇%集中できない。すると泣き声は止み、あろうことかドアの向こうから、心拍計測器が心拍停止を知らせる「ツーツーツー」という音が漏れてきた。テレビドラマでよくある「ご臨終です」のシーンそのままである。

「しししし死んじゃったぁ?」

せめてひと目だけでも息子を見せてくれとドアを突き破ろうとした瞬間に、ドアが開き、助産師さんが「どうぞ」と微笑(ほほえ)んだ。私は駆け込んだ。小雪も息子も生きていた。呼吸が安定したら新生児は泣き止む。心拍計は出産が終わったのではずしただけだった。お願いだから心拍計はスイッチを切ってからはずしてくれ。新しい命は生まれたものの、こっちの寿命は縮んでしまった。

その一年後、まだ数歩しか歩けない祥太郎をだっこして散歩に出ると、近所の駐車場に秋祭りの準備で町会の御神輿（おみこし）が出ていた。私も小雪も三〇歳で、第一子が生まれたばかり。ニューカマーとしてひっそりと暮らしていたので、そのときはまだ町内会とのかかわり合いはなかった。

キラキラ輝く御神輿に「あーあー」と興味を示した祥太郎を駐車場に下ろすと、よたよたと御神輿に向かって歩いていった。

転びそうになる祥太郎をうしろから支えつつ、私も御神輿に近づいていった。引っ越してきてから二年、地域の秋祭りで御神輿が出ることは知っていた。だが、借家住まいの引け目と、下手に関わると面倒くさいかもしれないという不安から、なんとなく地域活動を遠巻きにしていた。

御神輿を指差してあーあーとよだれを垂らしている祥太郎の前に、いかにも「地域を取り仕切っています」という元気なおばさんが立った。

「ちょっとあなたどこに住んでるの」と最初から詰問口調だった。

「A山さんちの借家です」

「あらそれじゃあウチの町会じゃない。ちょっとあなた走らない？」

「え？」

「再来週に健民祭（地域の運動会）があるのよ。そのリレーで走らない？」

O野さんは後年、このときのことを「一目で、走れる、ってピンときたのよ」と語った。これが、宮前町会O野・服部負けず嫌いコンビ結成の瞬間だった。

私は幼い頃、駆けっこが得意で、小学校の一年生から五年生までは運動会でリレーの選手をしていた。六年生のときに選手からはずれ、中学生になると身長も相対的に低い方になった。声変わりも遅かった。今思えば成長が遅い体質だったのだが、私にとって小学六年生から中学三年生までは失意と挫折の日々だった。

高校生になって声変わりし、今度は長距離走がぼちぼち速いということに気がついた。かといって陸上競技で夢を見ることはなく、大人になっても登山のためのトレーニングとしてジョギングする程度だった。

リレーの選手とは、かつて私の代名詞であり、その後失った心の傷であり、いつか返り咲きたい憧れの地位であった。まだ現代日本の平均的な大人よりは速く走る自信もあった。だからリレーと聞いて、当日の予定を頭の中で確認しながら「いいですよ、走ります」と答えていた。

横浜市港北区には一三の連合町会がある。私が住んでいたのはF尾地区で、F尾地区は一八の小さな町会からできあがっている。O野サンや私はその中の宮前町会に所属していた。健民祭はF尾地区を構成する一八の町会対抗で競われ、リレーは最後におこなわれる花形かつ重要なポイント種目だった。

それから二週間、私は仕事の合間に会社近所の公園で何本かダッシュして本番に備えた。

一五時にはリレーが始まると聞いていたので、一四時過ぎに地域の中学校のグラウンドに行くと、少なく見積もっても一〇〇〇人ほどの地域住民がグラウンドをぐるりと取り囲み、一帯の住民が全員集まっているのではないかという盛り上がりを見せていた。来賓席には市議会議員まで座っている。

町会対抗リレーは男性五人、女性二人を一チームとして競われる。町会幹部の息子(大学生)などが駆り出されており、新人の私は六走という無難な走順があてがわれた。

レースは宮前チームがトップをうかがう二位で展開し、私がバトンを受け取ったときも二位だった。バトンを手にして加速に入った瞬間に、前を走る選手の足が私の足にぶつかった。軽くよろけるような感じになり、私は地面に手をついてしまった。太ったお父さんが昔のイメージで走り出し、足がもつれて転ぶというシーンが、別の組で何度かあったので、私の失態も「また、おっさんがコケた」と会場が沸いた。

だが私がよろけたのは前を走る選手が私の予想を遥かに超えて加速が悪かったためだった。

これで私の闘志に火が付いた。バックストレートで前を行く選手を一気に抜き去り、アンカーのO田クンにバトンを渡し、宮前町会チームはそのまま一位でゴールに駆け込んだ。

町会の集会所で優勝祝賀会が開かれ、私が（転んでから）トップを抜いて一位に躍り出るまでのようすを、O野サンがVTRを再生するように、何度も何度も繰り返した。

走順がアンカーの前だったので、他の町会が有力選手を起用していなかっただけなのだが、ビールで上気したO野サンの演説で、私はその走力以上に速いヤツとして町内会で認識されることになってしまった。

矛先を変えるべく「短距離より長距離の方が得意なんですよ」と告げると、連合町会対抗でおこなわれる港北区駅伝の代表チームを紹介された。

それが二〇年以上にわたり、今でも続いているF尾連合町会駅伝チームとの出会いだった。

第二子出産　ダブルブッキング

　長男祥太郎が生まれた二年後の玄次郎出産時は立ち会い出産ができるようになっていた。だが、立ち会い出産をするには、病院の講習を受けたうえで、立ち会い出産を希望する所定のプリントを埋め、提出しなくてはならないという。講習の前半は祥太郎のときと同じ、呼吸法の練習や妻が妊娠中の夫の心得、妊娠中と出産後の性生活の注意事項などだった。

　体格に迫力がある助産師さんが淡々と話す産後のセックスは、事務手続きに関する注意事項のようだった。講習の後半は、立ち会い出産のマイナス面が説明された。出産は一般にイメージするような神聖なものではなく、産婦も赤ちゃんも命懸け、絶叫、血みどろの生臭い行為で、出産に立ち会うことで複雑なトラウマを抱え、出産後の性生活に支障をきたす男性がかなりの割合で存在することがしつこく強調された。病院は手放しで立ち会い出産を薦めるわけではないらしい。

　人間（妻）が人間（赤ん坊）をお腹から産み出す。母から子や卵が生まれるというのは、地球上のほぼすべての生き物の在り方なのだが、最近は日常から「生き物の出産シーン」がなくなって、人の出産の不気味さが際立ってしまうようだ。

思えば、生き物から生き物が出てくると聞いて私がイメージするのも、エイリアンの幼生であるチェストバスターである。そもそも、「摂取」は概ね気持ちがよい「善」であり、留飲や注入は、成長や治療などプラスの方向性を感じさせる一方で、「排出」は苦痛や異臭を伴い「悪」とは言わないまでも、歓迎したくない現象の場合が多い。

それゆえ世の男子には、出産という人間排出の一部始終を目撃することで、その源流とも言える生殖行為にも抵抗を感じるようになったり、そもそも人間を排出する器官が怖くなったり、排出器官を見たり触ったり挿入したりしようとするときに、人間排出を思い出して萎えてしまったりする者がいるようだ。

ただ、私に関しては心配無用だった。とにかく、自分の遺伝子を受け継ぐ生き物が、自分の選んだ（そして私を選んでくれた）パートナーから出てくる瞬間をどうしても見たかった。いま思えば、若い頃の私は強く繁殖を求めていた。自由に山に登って生きていきたいという願望を押さえ込んで、就職活動をしたのも、定収入のある成人でないと繁殖できない（家庭を作ってくれるパートナーを得られない）とどこかで思っていたからだ。

その思いもむなしく、私の就職活動は連敗のまま終了するが、それはさておき、繁殖行為における「出す瞬間」の出産はいうまでもなくクライマックスの一つである。それを見られるなんて楽しみでしかない。

立ち会い出産に関するプリントは、出産に立ち会いを望む夫の心構えを記入して、提出するようになっていた。私は自信満々、スペースが許す最大の文字で「見たいから」と書いて提出した。これほど立ち会い出産へ熱い思いをシンプルかつ的確に表現している言葉はないと独り合点していたのだが、後日、定期検診に行った小雪は「こんな理由で立ち会い出産を認めるわけにはいかない」と病院からプリントを突き返されてきた。

思いが伝わらなかったもどかしさを押し殺し「夫婦が協力して、生命が誕生する瞬間を乗り越え、ともに経験することで家族の絆を深めたい」とかなんとか、模範解答と予想されるウソ八百を三〇秒でひねり出し、すぐに書き直して提出したら、無事、立ち会い出産の許可が出た。

いよいよ、第二子の出産が近づいていた。小さな心配が一つあった。予定日と地域の運動会（健民祭）がかなり近かったことである。

健民祭は地域を一八の町会に分割して、ポイント種目で点数を争うという形式を取っていた。数棟のマンションだけで一つの町会を作っているようなところは、参加者が集まらず、朝から飲み会になっていたが、古い町会を中心に、目の色を変えて優勝を目指すところも複数あり、我が家はまさにその常勝町会である宮前町会に属していた。

町会の幹事長的ハッスルおばさんであるＯ野サンは、地域のスポーツ行事における勝敗に異様な執念を燃やし、私と気が合った。秋の気配が漂いはじめる九月になると「ダイコンをたくさんもらった」などと理由を付けて我が家の玄関にやってきて、ひと月後に迫った健民祭のポイント競技に出る人選をまじめに話し合った。ポイント競技は輪回しリレー、大縄跳び、小学生のリレー、大人のリレーの四種目だった。体力自慢の住民を集めて全種目に出せば、ポイントは稼ぎやすいが、出られない人が面白くない。Ｏ野サンはひとりが複数の競技に重複出場することなく、優勝するという自己規律に強くこだわっていた。私の担当は大人リレーで、メンバーに二人以上入れなくてはならない女性が毎年悩みの種だった。前年、けっこう速かったママさんが妊娠出産してしまったり、夫の転勤で引っ越してしまったり、一年でぽっちゃり体型に変わっていたり。

「ところで、あなたは大丈夫なんでしょうね」とＯ野サン。

「心配なのは小雪の出産予定日と健民祭が二日しか違わないことですね」とまるで自分のお腹が膨らんでいるかのように手を動かした。

「だから予定日より早いと、ばっちり重なっちゃうんですよ」

「二人目でしょ？　予定日よりはやく出てくるわよ」

そしてそのまさかが起こった。健民祭の日の朝、小雪に陣痛が来たのだ。小雪は用意しておいた出産セットを持って、タクシーで病院に向かった。私は朝ご飯を食べてから電車で追いかけた。

平日だったら仕事で立ち会えなかった可能性もあったので、日曜日で良かったが、一四時くらいまでには生まれてくれないと、健民祭最後の種目であるリレーに間に合わない。

祥太郎のときは立ち会えない（いちばん重要なところが見れない）と事前にわかっていたので、どうも心の芯のところでシンクロできず、ちょっと病院頼み的な部分が残ってしまったが、今回は全部見れるとわかっているので、私の出産モチベーションは高かった。けっしてリレーに間に合わそうと思って、一緒に深呼吸したり、マッサージしたりしたわけではない。

だが、私の努力は実らず、それほど陣痛は進まなかった。分娩促進剤が検討された昼頃になってようやく陣痛の間隔が短くなってきた。

小雪と一緒に分娩室に入った。

「よしいくぞ」と私は心の中で思った。

夫婦が協力して、無事出産するのが立ち会い出産最大の目的である。記念行事ではないので生本番中の撮影は禁止。助産師さんはてきぱきと機材を揃え、準備を進める。産婦の下半身を隠す幕がセットされている。血や躍動する局部は見たくないけど、出産に立ち会いたいという夫用だ。

「これいりません」と外させてもらった。

「大丈夫？」という顔で助産師さんが私を覗き込んだ。にたりと笑って頷き返す。もっとも重要なところを見ず、妻の横に立って励ますだけなどという選択肢はない。

助産師さんは、それならという感じで、私にあれこれと指示をはじめた、私も言われたものを持ってきたり、不要なものをどかしたりする。

いよいよ陣痛が激しくなってきた。ドクターが診にきて、陣痛が問題なく進行中であることを確認したら、医局に戻っていった。

いよいよ小雪がイキミはじめ、日ごろ聞くことができないようなうめき声が出はじめた。

「呼吸、呼吸、ひっひっふー」などとそれっぽいことを言いながら、下半身が見える位置に回り込む。出てくる瞬間だけは絶対に見逃せない。

陣痛でいきむたびに膣が開いたり閉じたりを繰り返しつつ、少しずつ開いていく。どうやら集中していなければ見逃すような短時間の営みではないらしい。

開いた穴は空洞ではなく、向こう側になにかある。だがそれは何らかの器官で、赤ん坊の一部ではなかった。

「破水しないので、子宮を切りますね」と助産師さんがハサミを持った手を伸ばした。え？　といろいろな思いが駆け巡る。ハサミ？　強制破水は常道？　子宮には末梢神経がないのか？　それとも出産中は痛くない？　見えていた膜が羊水の入った子宮と言われたら納得だが……。

切るというよりは、ちょっと引っ掻く、もしくは、軽く当てる感じで伸ばしたハサミの先端が穴の奥のピンクの膜に触れるとき、小雪にはちょうど陣痛が来ていた。ピッと切ったのと、いきんだのが同時だった。

小さな傷を付けられた子宮膜は一瞬で大きく破け、開きはじめていた膣から羊水が、バケツをひっくり返したように飛び出した。

生まれ出る赤ん坊を受けるために敷かれていたシートの上を羊水の奔流がほとばしり、助産師さんに直撃した。魚屋さんのような前掛けをしていた助産師さんは羊水を正面から受けてよろけた。傍らで見ているぶんにはエキサイティングなシーンだ。助産師さんは薄笑いを浮かべて取り繕い、気持ちを入れ直して、小雪の股間と向かい合った。

出産は順調のようで、陰毛に囲まれたピンクの穴の奥には、うっすら毛の生えた赤ちゃんの頭が見えていた。

そっと赤ちゃんの頭髪に触れながら「これは陰毛じゃないですよね」とボケてみた。

プッと助産師さんが吹き出したのを、私は見逃さなかった。

そのあと、その見えている頭は行ったり来たりを繰り返した。三回目にはほとんど出ていたのに、また穴の中に戻っていった。

うわ、いまほとんど出ていたのに……。

「つぎ生まれますよぉ」と助産師さんが小雪に声をかけた。

陣痛の始まりとともに助産師さんは膣に指の爪側をあてて膣を押さえ、赤ん坊を呼び込むように構えた。赤ん坊の頭がドリルのように四分の一回転しながら、ぬるりと出てきた。そのあとはもうこっちのものという感じでどろりと体がつづいた。

まだいびつな頭とそれに比べて貧弱な体。そして見合わない大きさの性器が股間にぶら下がっている。超音波映像で予測されていた通り、男の子だった。

この子の名前はほぼ決まっていた。私は小雪が第二子妊娠中に、ひょんなことから池波正太郎の『真田太平記』に深くはまっていた。真田幸村が死ぬ最終巻を読み終えたあとは、三日間、自分も死んだようにぼーっとしていたほどである。第一子が祥太郎なので、次は○次郎だろうなあと思っていたところに真田幸村の幼名が源次郎である。もう、決まりだった（ゲンの字だけ小雪が替えた）。

ところで、私の名前「文祥」はちょっと変わっている。これは父親が付けた。プラスチックを扱う企業で営業をしていた父親は、変わった名前のほうが営業に有利であることを確信していて、子どもの名前は珍しい名前と決めていたらしい。最初、私の名は有甫だった。役場に出生届を出しにいったところ「甫」の字は名前に使えない（当時）と聞いて、一晩で考え出したのが、文祥だった。

その文祥という名前は、中国南宋の忠臣、文天祥に由来する。中国ではかなり有名な歴史上の人物で、私が学生時代に中国を旅したとき、多くの中国人が名前だけで勝手に私に親近感を抱いてくれた。ただ、父親は文天祥を知っているほど博学だったわけではなく、趣味にしていた囲碁のアマ名人だった村上文祥さんから名前をいただいたらしい。村上文祥アマ名人はアマチュアでありながらプロ棋士に勝利するなど知る人ぞ知るアマ囲碁界のスターだった。

玄次郎はまぶしそうに薄目を開けて世界（分娩室）を見ていた。

「はじめまして、よくきたね。おとうちゃんだよ」と声をかける。平凡だが、それしか思いつかなかった。

口から舌先が見えていて、ほのかに笑っていた。玄次郎にこの世界がどう見えて、どう感じているのか。息子の遺伝子の半分は私と同じだが、何を考えているのかはもちろんわからない。血は継いでいても、別の生き物なのだ。

多くの父親が感じるありきたりな神秘に包まれながら、ふと私は自分の現状を思い出した。健民祭のリレーである。

時計を見ると一三時を過ぎていたが、急げば、なんとかなりそうだ。写真を何枚か撮って、「俺、健民祭に行くわ」と小雪に言った。

そうなることを小雪も予想していたようだった。

簡単に片付けて病院をあとにした。地下鉄の駅まで走り、地下鉄に乗って、最寄り駅に停めてあった自転車で健民祭がおこなわれている地元のO綱中学校に急いだ。

校庭に入るとリレーの二つ前の種目をやっているところだった。宮前町会のテントに駆け込み「男の子でした」と報告して、走れる格好に着替えた。

「点数、どうなってます？」とO野サンに声をかける。

「大丈夫、リレーが勝てば優勝」

一年に一回、健民祭だけで顔を合わすリレーメンバーと、月に一度ほど地域のソフトボールでも顔を合わせているO田君と、体の仕上がり具合を確認する。みんなそれなりに走り込んで来たようで、走力は問題なさそうだ。

「レースを作ってくれれば、俺とO田君で仕上げるから、バトン事故と転んだオヤジに巻き込まれないことだけ注意しよう」と声をかける。

リレーはぶっちぎりだった。二年目はアンカーを任され、私はゴールテープを切った。総合成績でも宮前町会は優勝した。次男の名前は「健民」にしろ、と打ち上げでは盛り上がった。家で二歳になった祥太郎と小雪の母親が待っているので、私は早々に宮前会館をあとにした。

小雪が、玄次郎と一緒に帰ってくるまでの一週間、祥太郎と二人きりで過ごすことになる。それもまた楽しみだった。

ある冬の一日　平屋時代

目が覚めると枕元にミニカーが転がっている。

「おとうちゃんとねる」と言って布団に入ってきた祥太郎（当時四歳）の残りかすである。持ち主は決まって夜中に小雪の布団に移動している。

枕元に置いた腕時計のアラームが六時から三〇分おきに五回鳴る。六時、六時半、七時、七時半、八時である。その中から気が向いたときに起き出すか、全部無視して九時まで寝る。

締め切りがあるときは、ちゃんと起きて、真ん中の部屋に寄り、ストーブを付け、マックのパワーを入れる。すぐ台所に行き、少しの水にアッサムCTCを入れたナベを火にかける。たくさん水の入ったやかんも火にかける。紅茶にザラメを大さじ一杯ほど入れて、沸騰するまでの僅かな時間に、一番近い窓の雨戸を開け、天気を確認する。

小雪はまだ寝ている。カラスが鳴いている。小便をしに行く。

台所に戻ると紅茶が沸いている。ザラメを溶かすためにナベを回すように揺すって、冷蔵庫から牛乳を出し、六〇〇ミリリットルほど入れて火を弱める。ゴミの日はゴミをまとめて出しに行く。ゴミの日でなくても勝手口から外に出て、外から雨戸を開けながら、庭の方へ回っていく。家の裏には燻製（くんせい）をぶら下げた一斗缶が二つぶら下がっている。今日も猫にやられた様子はない。庭にはおもちゃが散乱している。新品のオモチャが落ちていたら、拾って縁側におく。

台所に帰るとミルクティーはできあがっている。大きめのマグカップに入れて、空の湯飲みと一緒に、真ん中の部屋に持っていく。電気を点けて、ミルクティーと湯飲みを机に置く。

もう一度台所に戻り、今度はお茶を入れる。何度お湯を足しても味が出るウコン茶かジャスミンボール、もしくは二つのブレンドである。急須と熱湯の入ったポットをもって、再び真ん中の部屋へ。隣の机にポットを置き、下半身だけ夏用シュラフに入ってようやく椅子（いす）に落ち着く。ここまでが朝の長い儀式である。頑固な爺（じい）さんが仏壇をいじるようにほとんど手順は決まっていて乱れない。

書きかけの原稿をクリックして立ち上げる。メールは時間を奪われるので開けてはいけない。

調子のいい日は、書きながら自分でも驚くような言い回しが出てきて驚いたりする。

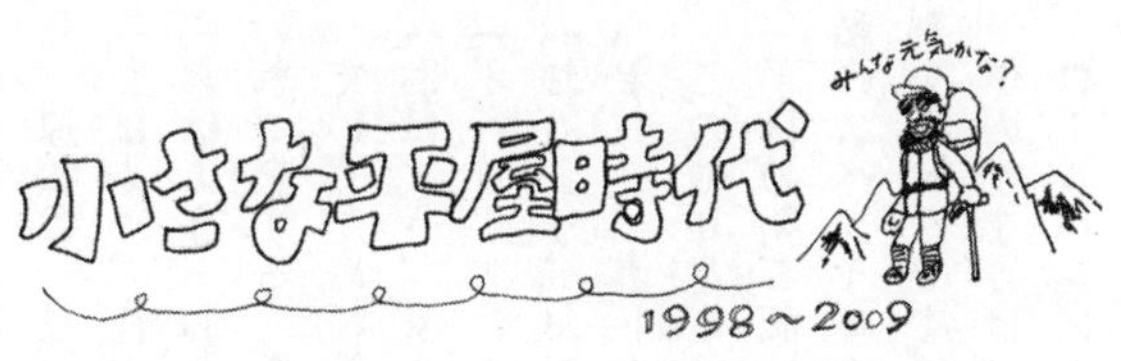
小さな平屋時代
1998～2009
みんな元気かな？

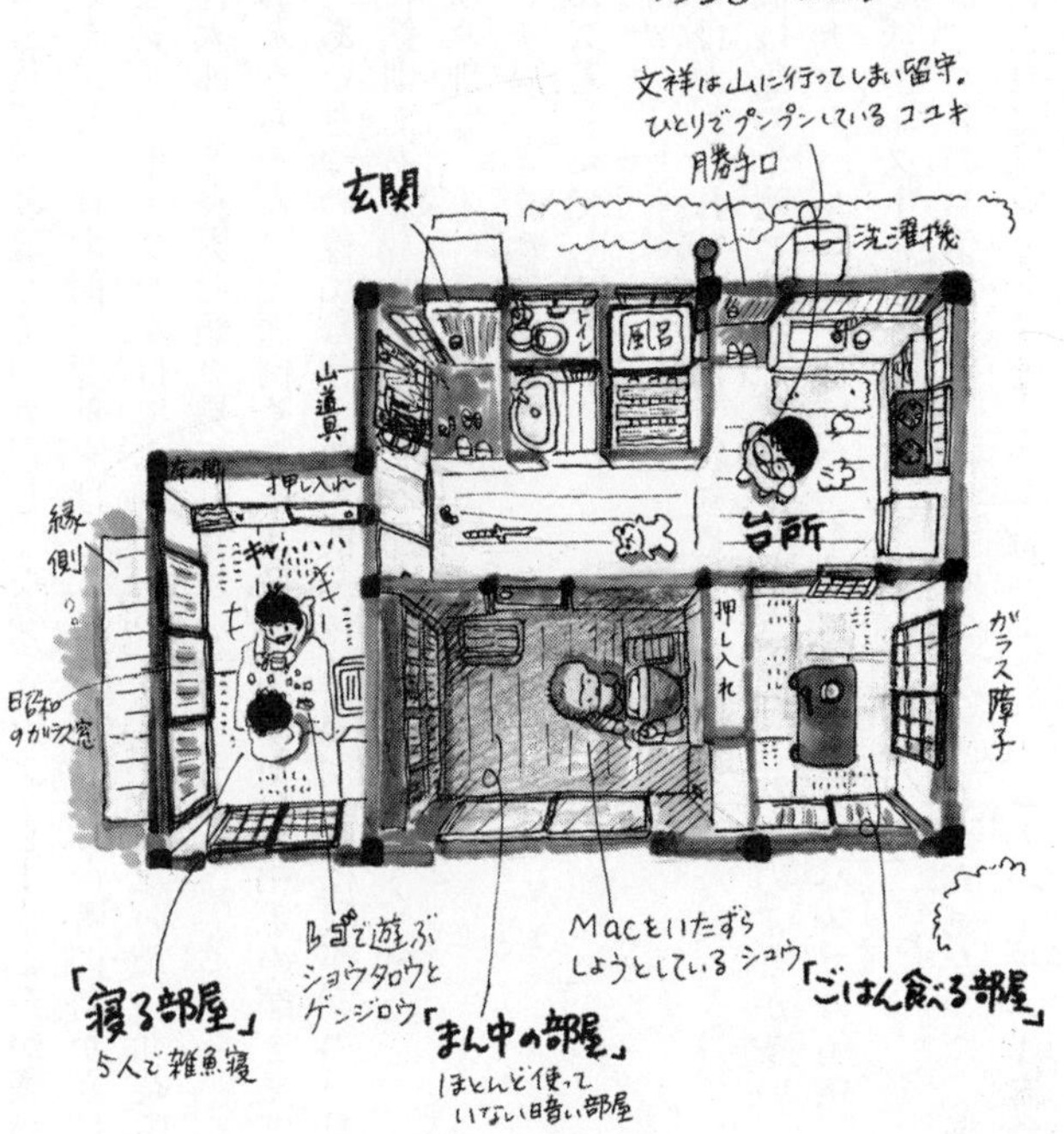
文祥は山に行ってしまい留守。
ひとりでプンプンしているコユキ
勝手口
洗濯機
玄関
トイレ
風呂
山道具
押し入れ
台所
縁側
ギャハハハ
昭和のガラス窓
押し入れ
ガラス障子
レゴで遊ぶ
ショウタロウと
ゲンジロウ
Macをいたずら
しようとしているシュウ
「寝る部屋」
5人で雑魚寝
「まん中の部屋」
ほとんど使って
いない暗い部屋
「ごはん食べる部屋」

そんなフレーズも後で読み直してバカらしくなって消してしまうことが多い。

嫁が静かに起き出し、祥太郎が廊下をぱたぱたと小走りで台所に向かう足音がしたら、原稿は一旦終了。セーブをかけて六畳に向かう。これがだいたい九時頃。

「おはよう、祥太郎」と長男の顔を見て言う。

「おはよう、おとうちゃん」と面倒くさそうに返ってくる。相手の顔を見て、朝のあいさつをする。あいさつの後には相手の名前を付ける。これは我が家の一員としてやっていくための鉄則である。少し後で玄次郎（二歳）も起きてくる。

「おはよう、玄次郎」

「オハヨ、ゲンヂロ」と玄次郎が言う。

「おはよう、お父ちゃんでしょう」

「オハヨ、オトチャン」

このやりとりはかれこれひと月ほど繰り返されている。

平日の朝ご飯は魚の干物と納豆、おひたしやきんぴらなどのことが多い。もしくは私のスペシャルチャーハンだ。土日はパンを食べる。パンはパスコの超熟。手製の燻製を乗せたチーズトーストにする。

冬の始まりは、パンのお供に、私の手作りリンゴジャムが人気だった。温めたバターロールパンに入れて食べる。子どもたちはパンとジャムのハーモニーを理解できないらしく、ジャムだけもりもり食べる。リンゴジャムは買うと高い。皮をむいて細かく切る手間賃だと思う。キズものリンゴを買って来て自分で作れば、安くてうまい。玄次郎はなんでも口につっこむ。祥太郎は最近、偏食になった。子どもたちは食べ物とは常に身の回りにあるものだと思っている。小雪は小食で、食べているのかいないのか分からない。私の食べる量は大学時代からそれほど変わっていない。

冬は日のあたりが悪いわが家に、九時半頃から朝日があたり始める。私は朝食を食べながら新聞を読む。我が子が生まれてから、幼い子の事故が他人事ではなくなった。子どもが火事で死んだり、ダンプに潰されたりするとイヤな気分になる。中学生がサッカーゴールの下敷きになって死に、その中学校の校長が自殺した。校長の心理について小雪と意見を交わす。

一〇時くらいに会社に向けて出発。小さなザックを背負うか、大きなウエストバッグを腰に巻いて、自転車にまたがる。家の裏の山を越え、鶴見川の土手を走って、新川崎駅までは五キロ。この移動中に原稿用のフレーズや的確な表現が出てくることが多い（止まってメモする）。

会社に着くと、再びマックを立ち上げる時間でお茶を淹れる。やるべき仕事が多ければ、仕事を始め、特に急ぎの仕事がなければ、また、自分の原稿を書く。調子がよければあっという間に昼食時間の一四時になるが、調子が悪いと時間が経つのが遅い。

会社ではヘッドホンステレオを耳に入れインターFMを聞いている。

一四時頃に隣の経産省に昼食を食べに行く。テロ対策で建物に入るのに顔写真の付いた身分証明書が必要だ。私は登山ズボンにサンダル裸足だが、中日新聞社の身分証明書を持っている。安い定食が四五〇円。ライス七〇円に五〇円の単品を三つ（納豆・おひたし・冷やっこ）付けると二二〇円で済む。ライスと単品三つでは寂しいので、よほどラインナップに不満がない限り定食を食べる。同じテーブルで国のお役所に勤めるおじさんたちが昼食を食べている。電気工事などの出入業者が食べているとほっとする。

食べながら会社から持ってきた中日スポーツ新聞を読む。すぐに食べ終わり、新聞を捨てて、行きつけのコンビニにマンガ雑誌の立ち読みに行く。立ち読み後は軽く散歩。散歩中に帝国ホテルの前に陣取る警察官に呼び止められたことがある。クライミングパンツに中国土産の帽子をかぶって、サンダル、無精ひげがいけなかった。しかも帝国ホテル前で信号待ちをしていた私は上空を眺めていた。

「どこに行くんですか」と背後から声をかけられた。

「え？」と振り向くと若い警察官だった。「俺に聞いてんすか」と私は答えた。予想していなかった明快な日本語が返ってきて、警察官は一瞬たじろいだようだった。だが、後に引くこともできなかったのだろう、小さく固くうなずいた。

昼休みにブラブラしていただけなので、何をしているのかすぐに答えられなかった。だが、日本語で切り返した時点で私の疑惑はほとんど消えたようだ。

「……会社に帰るところです」と言って歩き出し、三歩あるいて振り返った。警察官はまだ私を見ていた。

「怪しいですか？」

「少し……」と言って、警察官はようやく笑った。

ＡＳＥＡＮの会議で来日した要人が泊まっている帝国ホテルの前で空を見上げているうす汚い人間は、週末の登山のために空模様を観察している服部文祥か、狙撃ポイントを探すテロリストぐらいなのかもしれない。

昼食アンド立ち読みから戻ると、いよいよ月給をもらっている仕事を開始する。原稿を依頼したり、他人の原稿をいじったり、次の取材の予定を立てたり。

一九時に会社を出る。拘束時間も労働時間も短いが、締め切りが近づいていて入稿原稿が山積みになっているときは、朝からずっと本来の仕事に打ち込むこともある。帰りは新橋の京急ストアの魚コーナーで魚を物色する。天然ブリなどが売れ残って半額になっていたら購入。

家には勝手口から入る。

「ただいまおとうちゃん」と祥太郎が言う。

「おかえりだろ」と修正。これは一年くらい繰り返されている。団地育ちの私にとって勝手口のある家に住むのは夢の一つだった。たくさんある出入口を使い分けて暮らすのは楽しい。この平屋に住んでもう六年になるが全然飽きない。

自分で買ってきた食材があれば、自分で料理を作り、なければ小雪の料理を食べる。小雪の料理は当たりはずれが大きい。結婚前にアパート暮らしをはじめた小雪のところに遊びに行ったら、野菜炒めが終わってから炊飯器のスイッチを入れていた。かつて、段取りが乱れているのを見つけたら「ダンドリが鳴いてるぞ」と言いながら「かあかあ」と小雪のうしろで鳴いたが、最近、ダンドリはあまり鳴かなくなった。

食事の後には祥太郎とカードゲームをする。まともにできるカードゲームは神経衰弱だけだ。子どもの記憶と勘は冴（さ）え始めると手が付けられないことがある。これまで三〇回ほどやって一回だけ負けた。嫁は二回に一回は祥太郎に負ける。

「パンクして。パンクしようよ」と祥太郎がせがんでくることも多い。自転車のパンク修理と似ているためか、おもちゃを分解することがパンクと呼ばれている。

「どれにする」と私。私も分解は大好きだ。

「これ」と祥太郎が持ってくる。

「よし」とドライバーを手に持つと、祥太郎は喜んで見ている。おもちゃは見た目が派手なだけに、分解されカラクリを晒（さら）されると弱々しい。中にたまったホコリを掃除して、きっちり元に戻して終了。

二一時を過ぎたら、祥太郎、玄次郎と三人で風呂に入る。疲れていると、このあたりでげんなりしてくる。寒い日はアルミの燃料ボトルを使って湯タンポを作り布団に入れる。風呂から上がった子どもの体を拭いて、寝間着を着せて、歯をみがき、布団に押し込む。子どもたちは余計なことしかしないのでこの一連の作業も根気がいる。

すべてが終わったら布団の上でストレッチ。祥太郎が自分の布団の中でストレッチが終わるのを待っている。眠ってくれれば私は広々と眠れるので、わざとゆっくりストレッチするが、祥太郎もがんばって眠らない。そして私が布団に入ると何かおもちゃを手にして布団に入ってくる。祥太郎が自分の足を私の腹の上に乗っけたりして、楽な位置を決めて動かなくなる。すぐに私の意識も薄れて消える。

F尾連合町会駅伝チーム

横浜市港北駅伝、連合町内会の部は老若男女を集めたチームで争われる。区間ごとに年齢と性別が決まっていて、下は小学低学年から上は四〇歳以上まで、男五人女四人の九区間である。

私が参加をはじめてから一〇年ほどは連合町内会の部は牧歌的だった。正月明けの大会のために、一〇月から小学生を集めて練習するのはF尾連合町会だけ。大人の男性区間にはどの町会も地域のジョギング愛好家が集まるので、力は拮抗し、それほどの差は生じない。小学生と女性の出来が大きくレースを左右する。だからこそ、そこを強化できるチームがトータルでも速く、我々は平成一二年から一〇連覇した。

はじめ私は、登山の合間にちょっと練習につき合う程度だったが、子どもたちが地域の代表ということを理解して顔つきが変わる瞬間に立ち会ったりして、子どもと大人が一つのチームで走る駅伝の面白さに目覚めていった。

近年は区内全体で子どものスポーツが盛んになり、陸上を志す子どもたちも増え、駅伝で勝つのは簡単ではなくなった。走ることを意識するきっかけの一つがタイムである。私は、子どもたちに前年の記録を見せながら、小学生が一キロを走る当面の目標が四分であることをまず告げ「四分は何秒だ？」と聞く。

小学校高学年では女の子の方が成長が早く、大人びている。大抵は女子が「二四〇秒」と答える。

「一キロは何メートル？」

「一〇〇〇メートル」

「一〇〇〇メートルを二四〇秒で走るには、一〇〇メートルを何秒で走ればいい？」

「あれ？　二四秒？」

「正解。それじゃ、まず一〇〇メートル二四秒のペースでどこまで走れるか、やってみよう」

練習場所の鶴見川の土手には一〇〇メートルごとに印が付けてある。子どもたちが自分の走行ペースに、どの程度イメージを持つことができるのか、正直わからない。だが少なくとも、考えて走り、走ったあとに自分で自分を数値化できたら、その経験がマイナスになることはない。

人間が生まれたばかりのときにできることは、呼吸とオッパイを飲むくらいである。成長に伴って、ハイハイして立ち上がり、歩けるようになっていく。この考えをやや極端に延長すると、成長とは自分の身体をイメージどおり自由に動かせるようになること、ということができる。少なくとも私は子どもの頃、大人になるとは、真夜中の雑木林にノコギリクワガタを捕りに行ったり、遠くの海や川に釣りに行ったりと、なんの制約もなしに自由に世界を動き回れることだと思っていた。

速く走るというイメージを持って、それに向かって練習するとは、走ることに関してより自由になることだと思う。本気で走れば、苦しく辛い。だが、自分のイメージどおりに走りきったとき、自分の持っているものをすべて出しきった達成感がある。自由＝解放。自由だからこそ、すべての能力を解放することができるのだ。限界と自由とは、一見、矛盾する概念のようで、実は見えないところで繋がっている。自由でなければ限界を感じることができないからだ。

走ることに関して自由でありたい。そのためには、地味な苦しい練習もいとわない。そんなランニング仲間が、なぜかF尾連合町会には、二〇年前から今現在まで集っている。一〇年前、アラフォーだった我々が集まって一五〇〇メートルを走ると、五人は五分を切った。おっさんガチランナーの生息密度が異様に高い町会だった。

小雪は私が街にいる（登山に出かけていない）週末くらい、子どもの面倒を見て欲しいと思っていたようだ。朝から駅伝の練習会に行く私に「こっちは子守りで駅伝どころじゃない」と、駅伝そのものを心良く思っていなかったふしがある。ごもっともである。

その空気を読んで、祥太郎が小学校一年生のときに、子守りがてら、鶴見川の土手でおこなわれる駅伝チームの練習に連れて行ったことがある。そのとき祥太郎は区役所の「いらないもの譲りますコーナー」で手に入れた中古の子ども自転車を自由に乗り回せるようになったばかりだった。自転車で大人の練習に並走させれば、子守りと練習が同時にできると私は目論(もくろ)んだのだ。

「お、速いなあ」とラン仲間がおだてた。自転車に乗れば、日頃、上から目線の父親より自分が速く走れることが楽しくて仕方がないという感じで、祥太郎はへらへら笑いながらペダルを漕(こ)ぎまくり、どんどん先に行ってしまった。

その日のメニューは八キロだったので、我々は四キロ地点でUターンすることになっていた。折り返し地点で呼んだのだが、祥太郎はかなり先を快走しており、声が届かなかった。祥太郎はしばらく走ってから誰も自分について来ていないことに気がついたらしい。

こんどは不安でワーワー泣きながら戻って来た。練習後、横隔膜(おうかくまく)をヒクヒク痙攣(けいれん)させている祥太郎に、私は事情を説明したが、祥太郎は私の目を見ることはなく、以来、駅伝の練習にはついて来なくなった。

祥太郎が小学校三年生になったとき「いっしょに駅伝で走んない？」と誘ってみた

が、乗って来なかった。祥太郎は公園に遊びに行っても「誰もいないほうが嬉しい」タイプで、駅伝に出てきているような積極的な同級生は苦手なようだった。玄次郎は喘息持ちだったため、身体能力を同年代と競い合うことがそもそも嫌いだった。私以外の家族が駅伝のメンバーとして地域に貢献するのは、末娘の秋が小学生になってからである。

第三子出産　私も産みたい

小雪の膨らんだお腹に抱きつきながら、二歳の次男、玄次郎が「ゲンちゃんの妹だよぉ。かぁいーぃ」と言っていた。超音波映像による性別判定は正確ではない。しかも第三子の性別に関してはあえてドクターに聞いていなかった。だが玄次郎は女の子だと確信していた。

妊娠出産も三回目となれば、小雪もかなり落ち着いている。横から見ているぶんには、ツワリはそれほどひどくなさそうだった。夫婦揃ってO型なので、我が家はみなO型。親子の血液型が同じだとツワリが軽いという都市伝説は少なくとも小雪には当てはまっている。

三人目となると、周囲の反応は微妙だ。単なる「おめでた」ではない。会話の端々に「ちょっと殖え過ぎでないの」という臭いが微妙に混ざってくる。「作る」という表現を避けて「授かる」と言うように、子どもは自分以外の神的意志が含まれた特別なものというイメージを日本人は持っている。一方で家族計画という生産物的な言葉も存在する。私と小雪は幸運なことに「血が合った」ようで、繁殖するしないのボーダーは、避妊するかしないかだった。

私の母親は「二人くらいがちょうどいいんじゃないの」とやんわり第三子を否定していた。人口爆発や経済的な負担を考えれば、人間が増殖する時代ではないというのは私もわかっている。

子育て全般にお金がかかるというのが日本の「常識」で、経済面から脅してくる人は多い。高等教育と都市文明的快楽（高速移動、過剰な安全快適、好奇心の充足、周りと同じことをする安心感、芸術的才能への幻想など）を求めなければ、子育てにはほとんどお金はかからない。だが、これらの都市文明的快楽はものすごく魅力的で、脳内で分泌される快楽物質と密接に結びついているので、完全に拒否するのは無理である。

みんなが「平均よりほんの少し洗練されていて創造的に見える生活」を求めて緩やかに競い合うこと。それを消費に還元して経済を活性化させるというシステムを日本社会は採用してきたように見える。そもそも経済活動とはそういうものなのだろう。

私は登山で「自力で生きること」と向き合う瞬間が多かったためか、ただ生きているだけで支払いが発生する消費経済と、生きる喜びさえ購入するというシステムにずっと違和感を持っていた。その延長線上で狩猟をはじめ、家の暖房を薪ストーブ一本にし、家庭菜園やニワトリの飼育をおこなってきた。

といっても自力の割合が増えてきたのは最近のことで、子どもたちが小さな頃は都会でのサバイバル生活には手が回らず、子どもは金がかかるという常識を鵜呑みにしていた。みんながしていることをしないのも怖かった。周辺と同じように三万円の月謝を払って幼稚園にも通わせた。祥太郎に「幼稚園行きたいか？」と聞いて「行きたい」と答えたら、何とかするのが親の務めだと思っていた。「親のためだね」と小雪は言う。数時間子どもから解放され、その上「お迎え」で自分の子どもに毎日、感動の再会ができる。幼稚園の月謝は「離別（仮）・自由な時間・再会（仮）」のための費用らしい。

三人目逆風の中、私は、三人以上子どもを持つ人から、生活のリアルを聞き、その言葉の中から子だくさんの長所を宝物のように集めていた。子だくさんの人は誰もが、人間が多いほうが単純に面白い、と言った。「多数決で負けるから」という意見がそれを象徴する。子どもの数が親の数より多いと、親子で意見が対立したときに親の思惑が簡単には通らず面白いという。「全然違う人間が出てくる」と言った人もいた（私もよく言う）。遺伝子の複雑さから考えれば当たり前だが、夫婦という二色の絵の具を混ぜて毎度できあがる色が違うのは面白い。

子どもが多くて、現実的に困ったという意見は一つも聞かなかった。三人以上子どもがいる人は、決まって子どもはたくさんいたほうがいいと言い、子どもが二人以下の人は三人目を否定する傾向があった。

小雪も「三人も育てる余裕があるのか」と否定的なことを口にしていた。

私の信条は「なにも経験しない平坦な人生より、良いことでも悪いことでもいろいろ経験したほうがいい」である。だから子どもは三人以上というのは決定事項だった。ただ増えれば増えるほど、プラスの要素も増えるが、リスクも増える。子どもが増えれば、なんらかの事故にあう可能性も高まり、子どもが自分より先に死ぬ可能性も当然、高まる。もしそうなったときに受け入れる覚悟があるか、乗り越えることができるか。生きるとは、経験と感情を必要に応じて切り離し、現実を受け入れることでもある。

小雪の体調や身体的な変化を日々、それとなく観察していたので、第三子が小雪のお腹で細胞分裂をはじめたことは、祥太郎と玄次郎のときと同じく、小雪が産婦人科へ検査に行く前に、なんとなく気がついていた。

玄次郎が女の子と言うので、お腹の赤ちゃんはモモちゃんと呼ばれていた。

四〇年ほど前の幼い頃「もし、おれの名前をお母さんが付けたらなんて名前だったの？」と母親に聞いたことがあった。「名前なんかなんでもいいのよ」と母親はいい「太郎と次郎、花子、桃子で充分」と言いきった。以来、女の子は桃子なのかなどとどこかで思っていた。

予定日の近づいた秋雨の朝に、小雪は産気づき、病院へ向かった。今回ももちろん立ち会い出産の希望は出しておいた。プリントはどう書けば通るかわかっていたので一発通過である。

小雪も余裕で、陣痛の合間に新生児室を一緒に覗きにいって、出産仲間の赤ちゃんたちを眺めたりした。

いよいよ陣痛の間隔が短くなり、「そろそろかなあ」と分娩室に移動した。指定された分娩台は玄次郎のときとは違っていた。そっちの台のほうがツイている、とゲンを担ぎたかったが、ま、そんなことを言っている場合ではない。

「これはいりません、前回も使いませんでした」と局部を隠すシートが設置される前に、その必要がないことを告げた。

私が経産夫であることを理解した助産師さんは、いろいろと私に指示を出しはじめた。言われるままに片付けたり、道具を取ってきたりしながら、あと何度か体験したら助産師見習いもできたりしてなどと思ったが、私がしてみたいのは助産師ではなく、妊婦（妊夫？）のほうだった。

男が子どもを産んだら、出産の痛みに耐えられずにショック死する、などと言われる。生物学的に女性は痛みに強いのかもしれないが、妊娠出産ができない男に対して、出産を仮定して比較するのはちょっとフェアではない気がする。滑落、骨折、麻酔なしでの膿腫掘り出しなど、私はこれまで、かなりの痛みに耐えてきた。
「痛みの種類がちがう」と小雪は言う。だが、たとえショック死級の痛みがあっても、お腹の中でニンゲンを育み、それを出産するという経験ができるなら、ぜひしてみたかった。

破水はしていたし、陣痛も順調だった。前回同様、膣の奥に赤ん坊の頭が見え始め、前回同様、「これは陰毛じゃありませんね」とその頭を指差しながら言ってみた。前回以上に助産師さんは笑った。鉄板ネタらしい。

ほぼ前回どおりことは運び、赤ちゃんが出てきた。体に比べるといびつで大きな頭、貧弱な体の中で大きく目立つ膝の関節、そして性器。性器は特に貧弱な体に比較して目立つので男の子かと思ったが、よく見ると女の子だった。排出後の解放感に身を委ねている小雪の耳元へ「女の子だ」とささやいた。同性の子どもはやはり嬉しいらしい。ただ、まゆ毛が繋がっていて、なんか不満そうな顔をしていて、じっと見ていると、こっちが吹き出してしまうマンガ顔だ。

「あれ、生まれた？」とのんきな感じでドクターが入ってきて、「ちょっと後処理をしますね」と小雪の股ぐらを覗き込んでいた。産湯というシステムはなくなり、羊水と血で生臭い赤ん坊を軽く拭いて、タオルで包んで母親に渡す。小雪のお腹から引き出された胎盤は、琺瑯のトレイに入れてステンレスのシンクの中に放置されていた。

一通り、写真をとってから「これもらっていいですか」と胎盤を指差して聞いてみた。胎盤をカレーにして食べたという話を山仲間から聞いていたので、私もぜひ食べてみたかった。だが、助産師さんは、ひどく不審な目を私に向けた。

「いや、あの、食べてみようかなあ、と」としどろもどろで言い訳をした。

「持ち出せないことになっています」ときっぱり。かなり不謹慎な発言だったらしい。

産後、出血や感染症の予防と体力回復のため一週間ほど入院する（退院後も母体は最大限いたわらなくてはならない）。祥太郎が生まれてから五年。横浜市立病院の産婦人科もやや雰囲気が変わっていた。一〇代のお母さんもいて、彼女は産んだその日にはもう、院内を元気に歩き回っていた。ナースコールを押して「肩が凝ったからサロンパスください」と平然と告げる女性、両親に「赤ちゃんの名前はティナ」と大きな声で報告する産婦（親父さんはフリーズ）、小雪の隣のベッドの女性は私がいても授乳のために片肌を脱ぎ、目のやり場に困った。六人部屋にたまたま桃子という方がいて、あまり我々夫婦と気の合うタイプではなかった。第三子の顔もモモコという感じではないので、名前は小雪が考え「秋（しゅう）」になった。

ある冬の一日2　平屋時代

冬休み。秋(しゅう)が生まれたこともあって、昨年に続いて山に入らない年末年始になった。会社のｉＢｏｏｋを持ち帰ったが、冬休みになってからまだ一回も開いていない。祥太郎と遊ぶ、駅伝の練習に出る、自分のトレーニングをする、の繰り返しの日々。夏の終わりから痛み出した膝の調子があまり良くない。

五歳になった祥太郎はＵＮＯ(ウノ)やカルタが完全にできるようになり、まさにハマっていた。年末に神経衰弱の真剣勝負を挑まれ、手加減まったくなしの本気モードではじめて負けた。祥太郎は一回もめくっていないカードを当てるなど、いくつものツキに恵まれていた。

その負け方がどうも腑に落ちず、お風呂で祥太郎に「おまえ、もしかしてトランプにガンがついてるんじゃねえのか」と聞いてみた。

「ガンってなあに」

「汚れとかキズとかで、めくらなくてもわかるカードがあるんじゃねえのか？」

「うんあるよ」と祥太郎は平然と答えた。「エースでしょ、王様でしょ、ジャックと10と9も知ってる」

古いカードなので私自身もガンがついているカードが二枚あった。私はあえて頼らずに試合に臨んでいたが、祥太郎は私の上を行くガンカードを探して記憶し、試合に使いまくっていたのだ。

「ちょっと青いのがエースで、グチャってやつがジャックで、ちょっと切れているのが王様で……」

それがズルなのだと説明することはできなかった。イカサマはバレなければイカサマではない。五歳なりに勝つための法則を考え出していたことに感心した。

我が家には神経衰弱チャンピオンメダルというものがあり、この日はじめて祥太郎に取られてしまった。だが翌日、カードを替えて、メダルはあっさり取り返した。小雪は最近まったく祥太郎に勝つことができない。いい勝負になって喜ぶレベルである。

家に長くいると普段気にならないことが気になり出す。「ダンドリ」ががかあかあ鳴くことは少なくなったが、小雪は「パナシ族」と呼ばれるようになった。布団は敷きっぱなし、電気は点けっぱなし、風呂のガスも点けっぱなし、牛乳は冷蔵庫の外に出しっぱなし。

ジャムやオリーブオイルの蓋をちゃんと閉めないで、ただ乗っけておくだけということが多い。仕舞おうとして持ち上げたときに蓋が外れてドキッとし、「パナシ族が出たよ」と声を荒らげてしまう。

山でキャンプ中に蓋をちゃんと閉めないで放置していた食用油のペットボトルを蹴飛ばしたことがある。長期サバイバル山行の中日（なかび）くらいのことで、登山の成否を左右しかねないほどの大事件だった。以来、私は蓋は開けたら必ず閉める、というのを自己規律にしているが、小雪の習慣にはなっていない。

寝っぱなしというのも小雪の技の一つで、朝、会社に行くべく起きた私に布団の中から「ゴミ」と一言だけ言って、また夢の中に戻っていったことがあった。

電気は点けっぱなしにするが、音の出る機械はすぐに消したがる。視聴していないテレビやステレオはすぐに消す。ステレオはスイッチが複雑なので、いきなりメインスイッチを切ってしまう。止めるならちゃんと止めて欲しいとお願いしたらボリュームをゼロにするという方法にかえた。音楽を聴きたいときに音が出ず、？？？と思っているとボリュームがゼロになっている。

ネギのみじん切りやダイコンのいちょう切りの厚さなどに関しても、私はけっこううるさい。

「俺けっこう、口うるさいよね」と時々反省する。

「うーん、そうかな」と小雪。「あなたが言っていることは、だいたい、本当のことだから、気にならないけど」

「そこが小雪のすごいところだなあ」

「うーん、そうかな」

年が明けて出社。不幸な巡り合わせから、一月編集二月発売の三月号で、私は特集と第二特集と第三特集すべてのデスクだった。成人の日がらみの連休にも、家に会社のｉＢｏｏｋを持ち帰り、仕事をしたのだが、仕事の合間にちょっとゲームを立ち上げて祥太郎に見せてみた。

それに祥太郎がハマった。

祥太郎がハマったので、私までハマった。「トリゾウ」というゲームである。玄次郎はまだ理解できないようで、ぬいぐるみを持ってつまらなそうにしている。

連休が明けてｉＢｏｏｋを会社に持って行ったので、祥太郎にせがまれて、家のマックにも「トリゾウ」をダウンロードした。子どもでもできる他愛のないゲームなのだが、マップ２の三面にちょっと難しい課題があった。

「あれ？　これできないぞ」と私が考え込んでいると、祥太郎が教えてあげようか的な顔を近づけてきた。

「おまえクリアしたの？」

うん、とは言わず、まあね、といった顔で目を逸らした。

父親の威厳を保つため私が焦っていると、うしろから祥太郎が「あーそこは違うんだな」とか「最初にメロンを食べなきゃ」とか、聞こえるようにつぶやいている。

私がいくつかのコツをつかみ、二時間ほどかけてなんとかその面をクリアするまで、祥太郎はずっとうしろで見ていた。

「おまえこれ本当にできたの？」

「いや……」

自分ができたと私に信じ込ませることで、楽しいゲーム観戦の時間を少しでも長くするという祥太郎の策略に、私はまんまとハマっていたらしい。

担当ページが多過ぎる「岳人」のゲラを家に持ち帰って、家でも赤入れ。気がつくとゲラの裏には大きく「しまうま」と書いている。字が少し書けるようになった祥太郎がいろいろなところに「しまうま」と書いて回っている。玄次郎は自分のゴッコ遊びや絵本を見て静かにしている。

秋のおむつを替えるときだけ、二人して不思議そうに、秋の股を覗いている。

通常、一月の二週目に開催される港北駅伝が雨天順延で月末になり、F尾連合町会は優勝した。だが私の個人成績は、痛めた膝に加えて「岳人」の編集が忙しかったことともあり、満足のいかないものだった。

初めての親子登山

初めて子どもと一緒に山登り（ハイキング）に行ったのは、長男、祥太郎と二人で行った丹沢の大山だ。小学一年生の夏休みのことだ。私は幼い頃、ハイキングを退屈な行為だと思っていた。近所の雑木林と違って、標高が高い山や針葉樹の森は生命感が乏しいからである。少なくとも子ども時代の私は、肉体的な負荷を数時間かけ続ける価値を、登頂という目的に見いだすことはできなかった。

それでも、息子と山歩きをしたいと思っていた。

だから登山に先立ってまず、大山がきれいに見える近所の公園に行き、「あの山のてっぺんまで行ってみないか？」と誘ってみた。登山意欲とは、ある山への興味や憧れなどのストーリーが、自分の中にあるかどうかに左右されるからだ。

だが、祥太郎の心の中に物語が醸し出されているようには見えなかった。なんとなく「うん、行ってみたい」と言ったほうが、お父ちゃんが嬉しそうだからそう言っておくかな、という感じである。

じゃあ行こうとなった後も、大人の都合で振り回すのではなく、予定日に天気と体調とやる気が、ちゃんと揃ったら初めて出発と決めていた。登山とは「大人に連れて行かれるもの」と思われたくなかった。計画は細かいところまで詰めておくのだが、決定はせず、子どもにはそれとなく予定日を言っておく程度で、最終決定は当日の朝にする。首尾よく出発しても、途中で嫌になったら、いつでも引き返す。

ただ行動開始はできるだけ早くした。ゆっくりしていて人が駅に繰り出してくるとそれだけで疲れるからだ。行動もできれば半日で終わらせたい。

小田急線の伊勢原駅から大山の登山口に向かう一番のバスに乗るために、早朝に自転車で家を出た。祥太郎をうしろに乗せて、少し遠い新横浜駅まで走り、始発の次の横浜線に乗った。

うまく通勤ラッシュを避け（平日だった）、登山口には着いたが、ちょっと早すぎた。周辺はまだ閑散として、まるでひと目を避けてコソコソと山頂に向かうようである。

「ケーブルってなに」と乗り物好きの祥太郎がめざとく見つけた。

「自分の力で登れない人がズルして山の途中まで行く乗り物」とちょっとバイアスのかかった説明をしておく。

「おれたちも乗る？」

「年寄りと太ッチョしか乗れないんだよ」

「ふーん」などと言いながら駅の看板を見上げている。父親の言うことから嘘を差し引いて理解する技を身につけているようだ。

まだひと気の少ない山を、セミの声をBGMにゆっくりと登っていく。私が小学生だった四〇年ほど前、正月に何度か大山参りで大山に登った。母親が、そのときだけ履く青いキャラバンシューズを下駄箱の奥から出し、私と兄にはそのときだけかぶるファーの耳当てが付いた帽子をタンスから出した。手袋と使い捨てカイロとガラスの魔法瓶を前日の夜に用意し、帽子をかぶったり脱いだりして「すげー、あったけー」とはしゃぎ、この帽子がないと耳がちぎれるようなすごいところに行くのだと興奮していた。小さなハイキングをそうやって一大行事にしてしまうのも、悪くないのかもしれない。

大山阿夫利神社を過ぎ、小一時間ほど登ったところで祥太郎がもう疲れたと言い出した。山頂まではあと小一時間ほどだろう。基礎体力はあるほうだし、顔色も悪くない。退屈なので、ちょっとゴネてみたという感じだ。

「ここで帰ってもいいけど、もうちょっとだけ行ってみようぜ」とやんわり提案した。辛い思いをして、山登りが嫌いになって欲しくないが、長時間かけて何かを成し遂げるという達成感のようなものも経験して欲しかった。

祥太郎をなだめて歩き出すと山頂はすぐだった。開けた山頂から霞んで見えない家の方向を指差し、会社から持ってきた携帯電話（私は携帯電話を持っていない）で家に電話した。山頂と我が家が電話で繋がり、小雪に褒められた祥太郎が元気になった。

　だが下山するときには霧が出て、森の登山道は暗く不気味だった。

「すげー、俺たち雲の中にいるぞ」と言うと、「こわい」と返ってきた。

　祥太郎と手を繋いで下りていくと、霧が晴れ、登ってくる登山者も増えてきた。

「あれ？　ぼうや、手を繋いでいるの」と余計なイヤミを言うオッサンがおり、祥太郎と同じくらいの子どもも何人か登ってきた。二人ともなんだかちょっとしらけてしまい、人ごみから逃れたいという思いもあってどんどん下り、お土産屋通りでプラスチックの刀を買った。登頂したら何かひとつ買ってやると約束していたのだ。

「本物の大山コマじゃなくていいのか？」と念を押すが、刀がかなり気に入っているようである。混雑しはじめた登山口から脱出するようにバスに乗った。

　昼前のバスで駅に戻る人はほとんどおらず、にぎやかになりはじめた観光地から脱出するバスは護送車のようだった。真夏の太陽にギラギラしはじめた相模野の風景を小田急線から眺めながら「どこでソフトクリーム食おうか？」と祥太郎に声をかけた。

　私にとって下山のご褒美（ほうび）はソフトクリームだった。祥太郎は微妙に目を輝かせながら「べつにどうでもいいけど」と余計な出費をさせないように気を遣っているようだった。

「モスバのシェイクにするか」

数年経って祥太郎が高校生のとき、この大山登山の記憶があるか聞いてみた。数コマだけだが、覚えているという。横から玄次郎が「あの黄緑色のカタナ！」と口を挟んだ。

「そんなのあったな」と祥太郎。

「あったねじゃねえよ」と玄次郎は声を荒らげた。

祥太郎と玄次郎はほとんどケンカらしいケンカをしない兄弟だったが、祥太郎のほうが上であるということは、毎日のように暴力的に誇示されていたようだ。玄次郎にとって、兄のハイキングの思い出は、お土産の刀で切られる役を何度もやらされたイヤな思い出らしい。

不登校

近年、親を悩ませる子どもの状態は、ヒコウではなくヒキコモリ。実は我が家でも不登校はひととき他人事ではなかった。長男の祥太郎が小学二年生の秋、運動会でチヨイゲロをしてしまい（ひどく暑い日だった）、翌日から学校に行きたくないと言いはじめたのである。

私は動揺した。なんといっても私は登山家である。しかもサバイバル登山家などという肩書きで生きている。祥太郎はもともとあまりクラスで目立つタイプではなかったが、「わんぱくでもいい。たくましく育ってほしい」を地でいくはずの登山家の息子が不登校になったのだ。ニート、引きこもり、もしくはイジメといった言葉が頭に浮かんで振り払うことができなかった。

窮地を生き延びてきた登山家として度量が広いつもりでいた。学校だけが子どもの人生ではないと、必要があれば開き直れるはずだった。だが本当のところは心の奥で、人並みであることを息子に望んでいたらしい。

「健康であればなにも望みません」と誕生の瞬間に考えたことを思い出し、今一度、自分の子にどうなって欲しいのかよくよく考えた。

煮詰めていくと、答えはひとつ。学校にきちんと行くなんてどうでもいい。競争社会を生き抜いて、高学歴で社会に出て、企業の歯車になれるなら面白いかどうかはともかく経済的な不安はなく生きて行ける。だが、別段望むことではない。そもそも私の望みなど子どもの人生には関係ない。私の最終解答は、親から自立して自分の人生を生きて欲しい、それだけだ。その過程でもし、生まれてきてよかったと思ってくれたら、もう言うことはない。

となればまあ、サラリーマン養成所のような現在の日本の学校にピシッと行かなくても関係ない。私は仕事柄、職人や肉体労働者、農業従事者と過ごすことが多く、それらの人々は生き生きとしてみえる。

思い返せば私にとっても幼年期、人生最悪の出来事とは嘔吐だった。学校とゲロッパチが祥太郎の頭のなかでつながってしまったのならしょうがない。すこし子どもの主張につきあってみてもいいだろう。

数日学校を休んだ長男はその後、私か小雪が学校の入口まで付いていけば何とか学校に行くようになった。正直面倒くさかったが、朝の散歩だと思って私は歩いた。三カ月も一緒に歩いただろうか。長男はある日なにごともなかったかのように友達と学校に行くようになり、翌年四月に弟が一年生になったら、兄貴風を吹かせて偉そうに先導していた。

何が変わったのかはよくわからない。すくなくとも時間と成長は父親の安い分析より力がある。

学校では下から出す方も大変なのは、昭和から変わりないらしい。祥太郎はときどき脂汗をかきながら学校から走って帰ってきて、便所に駆け込んでいた。我々の時代も学校で大便をするのはタブーだった。「エッチバリー」などと言われて仲間はずれのネタになるからだ。この世にあまた存在する生物のなかで自由な排便が許されないのは、おそらく日本の小中学生と飼い犬ぐらいではないだろうか。

もし女だったら、おしっこしているのかウンコしているのかわからないのに……。私は子どもの頃、男子用の小便器を考えだした人間が心の底から恨めしかった。子どもたちが学校で気持ちよく大便できるような環境作りこそ、文部科学省の教育以上の課題であると狩猟をはじめる前まで思っていた。

というのも狩猟をはじめてからは、子どもが排泄を意識するのは必然かもしれないと思いだしたのだ。ケモノを追うときの手がかりは足跡と糞だ。追われるケモノたちも自分の残すものには神経を使っている。有蹄類がおこなう溜め糞やイヌ科がする砂かけは、自分の気配が残るのを嫌った行為だ。玄次郎は幼い頃、大便の前に「ウンコ行ってくる」と私か妻のどちらかにかならず宣言し、確認をとらないと便所に入らなかった。ある日、適当にあしらっていたら「ウンコ行ってくる」「ウンコ行ってくる」と言いながらどこまでもついてきた。

「したきゃすりゃいいだろう」と思いつつ振り向くと、必死の形相の玄次郎が立っていて、私は思わず謝った。玄次郎のウンコ宣言とその承諾は、安心して排便するための欠かせない儀式だったらしい。

そもそも、排泄や生殖行為、食餌（しょくじ）、睡眠などの基本的欲求を満たす瞬間はすべて無防備だ。それらの生理現象を人前でおこなうのは、はしたないとされている。無防備な上に自分の痕跡を残す排泄を子どもも意識しているのかもしれない。

一方で「はしたないこと」の多くは一緒にすると絆が強くなることでもある。となるとやっぱり文部科学省は、給食のあとに「ウンコの時間」を作るべきなのかもしれない。

自力と自転車と現代医療

五歳の玄次郎が布団に横たわり、灰色の顔で喘いでいた。

玄次郎は喘息持ちで、前年の同じ時期にも入院していた。しばしば風邪を引いては寝込んでいる玄次郎に対して私は「またかよ」とか「よわっちい」などということをときどき口にしてしまっていた。そんなとき玄次郎は健気にも、自分が情けないような、わかりきっていることを聞きたくないような顔をして黙っていた。

父親（私）が現代医療や現代文明に否定的であることを、幼いながらに感じていたようで、五歳の玄次郎は、病院には行かずになんとか自力で窮地を乗り切ろうとしているようだった。

だがそれもここまでだ、と私は思った。玄次郎が、命懸けで現代医療を否定するというなら尊重する。だが五歳の子どもがそれほど強固な主義主張を持っているとは思えない。

「このままじゃ死ぬかもしれない。いやかもしれないけど病院に行こう」と私は玄次郎に声をかけた。

「まだ、だいじょうぶだとおもうけど」と玄次郎は喘ぎながら言った。でも言いながら少し安心したように見えた。

山登りで、野生環境と人間社会を行き来することで、「現代文明はちょっと行き過ぎた」と私は考えるようになった。そんな思想は私のオリジナルではなく、国家や一般常識を否定して、自力で楽しく生きようとする人たちは昔から存在した。アーミッシュ、パーマカルチャーやヒッピー共同体、独自のユートピアを目指す農耕集団などなど。自立を目指すそれらの人々は私の目には格好よく映る。

だが、それらの人々は子どもの医療はどうしているのだろう。

アラフィフの私に限って極論すれば「もう医療はいらない」と言うこともできる。「もう」というところが重要だ。幼い頃、予防接種を受けたし、登山中に大きなケガをして入院もした。予想される感染や現実の身体的破損（ケガ）を保健衛生と医療に救われてきたのだ。「今はもう」そこそこ生きてきたので、高度医療を受けてまで生きるつもりはないということができるが、それは結果論であって、自分の状況を盾にして、幼い子どもにまで文明否定を押し付け、現代医療から遠ざけたら虐待だ。

もしかして私が本当に恐れていたのは、玄次郎の死という玄次郎自身に起こることではなく、その結果、子どもの死を体験するという、自分に起こることだったのかもしれない。

いや、ちょっとまて、それは同じことか？

命は常に死というリスクをはらんでいる。生と死は不可分な裏表だからだ。人の親になるとは、子どもの死に遭遇するかもしれない覚悟を持つことだ。ということは充分わかっていても、我が子の消滅はやっぱり受け入れがたい。とはいえ玄次郎に出会わなかった人生よりも、玄次郎に出会った人生の方が絶対にいい。

私は玄次郎に言った。

「横浜労災の救急に行く。方法は三つある。救急車を呼ぶ、タクシーで行く、俺の自転車のうしろに乗って行く」

横で聞いていた小雪が「自転車で行くなんてあるわけないでしょ」と目を吊り上げた。

私は車を所有したことがない。自家用車は便利だが、値段や維持費に見合うほどの価値はない。石油文明に対する異議表明という意味合いもある。そのかわり自転車は常に複数台所有してきた。海外の有名メーカーの自転車もあり、ガレージに外車が数台あるというのは我が家の定番ジョークだ。自転車も道路も現代文明の結晶である。だが動力が自力、エネルギーが化石燃料ではなく再生可能なゴハンであるというところに自転車の確固たる思想的価値がある（だから電動アシスト自転車は思想的に自転車ではない)。

自転車で行けるところ、自転車で運べるものというのを、私は「自力の限界値」と定めている。それ以上の移動や物質の所有に際しては、いったん立ち止まって考えるのが自己規律だ。

「ヒロシ(近所の友人)に頼んで車を出してもらうっていう手もある。でも、できれば救急車や他の家の車は頼みたくない。タクシーか自転車、どっちかで行けるか」

「自転車で行く」と玄次郎は言った。自力にこだわった……わけではない、と思う。調子が悪い状態でタクシーという閉鎖された空間で揺すられたらもっとひどいことになると思っただけだろう。

「自転車が一番早い。玄次郎も自転車がいいって」と私は小雪に言った。私のマウンテンバイクは子どもを二人乗せられるように改造してあった。ベトナムやマダガスカル、アイルランドを旅した相棒である。

玄次郎に厚着をさせ、さらに私の綿入り袢纏(はんてん)で包んで、自転車のうしろに乗せた。できるだけ滑らかな運転で、振動を与えないように、慎重に自転車を漕いだ。

これが最善の方法だ。そう思いながらどこかで、自己満足のために病気の子どもに無理をさせているかもしれない、という怖れをぬぐい去れないでいた。玄次郎の命は揺れ動いている。それが時間の流れを意識させる。もしものときに後悔しないためには、一瞬一瞬、最善を積み重ねて行くしかない。だが、そもそも何が最善かがわからない。自分がどこかで間違えていないか、ぐるぐるぐるぐる無意味な検証だけが頭を回る。

結局、玄次郎はそのまま入院し、後日、残り四人の家族で見舞いに行った。移動手段はもちろん自転車である。当時小学一年生だった祥太郎は二〇インチのスペシャライズド（外車）に乗り、二歳だった秋は、私のうしろに乗った。小児病棟は子どもの立ち入りが禁止されているので、打ち合わせどおり病院の裏に回ると、小雪と玄次郎がベランダに出てきて「おーい」と手を振った。

「おーい」私と祥太郎も手を振った。

秋は「ゲンちゃんどうしてあそこにいるの？」とつぶやいていた。

カメの味とカメの教え

「一番おいしい肉は？」とよく聞かれる。いろいろな生き物を獲って食べているからだろう。私の獲物リストの中でも、こと「旨味」に関して言うならミドリガメがダントツである。最近、ミドリガメは日本の生態系を乱す外来種として認知されてきたため、捕獲していても咎められることはない。

少し前まではそうでもなかった。「亀は万年」ほか、カメが醸し出す善良なイメージは日本人の生活に染み込んでいて、カメを獲って食べるなんてとても他人には言えなかった。実際に食べるようになったのもごく最近のことで、子どもが小さな頃は我が家でもカメを飼育してかわいがっていた。一〇年ほど前の話である。

「なにか飼いたい」と祥太郎（長男・当時小学校三年生）を筆頭に子どもたちが言いはじめた。

人間以外の生き物と一緒に暮らすのはよい経験になる。だが、生き物は「買わない」というのが、私の基本ポリシーだった（採卵用のニワトリとセイヨウミツバチ一群は買った）。

「自分の力で捕まえてきたらなにを飼ってもいい」と私は言った。ザリガニやクチボソなら水槽に入れておけばいい。子どもが何かを飼育するといっても、どうせ面倒は親に回ってくるが、水辺の生き物なら手はかからない。

「カメを獲りにいこう」と子どもたちは相談をはじめた。近隣の大きな神社「K野神社」のB天池に、カメが棲息（せいそく）しているのを見たのだろう。

飼えなくなった人が放し、繁殖したものなので、神社の池とはいえ捕獲は許されると思った。だが大きなカメはスペースにちょっと無理がある。

「なにに入れて飼うんだよ」

「水槽があるじゃん」

「でかいのは無理だよ。小さなカメ限定」と私は言った。小ガメは臆病なので、どうせ子どもたちでは捕れやしないという目算もあった。ところが祥太郎が甲羅径一〇センチほどの小さなクサガメを見事に網ですくい捕った。

「これならいい？」と聞かれて、ダメと言えず持って帰ることになってしまった。

自分で捕まえた生き物というのは愛着が湧くようだ。飽きっぽい祥太郎がまめに世話を続けていた。コケだらけの甲羅をタワシで磨いてやり、ウロコの隙間（すきま）にへばりついた寄生虫を、数日かけて歯ブラシですべて取った。ウオビルと思われるその寄生虫の最後の二匹だけを私は見せてもらった。

「すごいなあ」と私。

「うん」と祥太郎は胸を張り「カメから取ったのが手にへばりついてうまく取れないから、そのまま学校に行った」と続けた。

「え？　おまえカメの寄生虫、身体につけてたの？」

「だって吸盤みたいので、取っても別のところにへばりついちゃうから」

　わが子は特にわんぱくではないと思っていたが、思わぬところでタフに育っていた。その寄生虫は風呂に入ったら取れたという（ってことは寄生虫の湯？）。

　買わないということに関してはエサも同様で、わが子たちは協力して、カメのために食事の残りや庭の虫を与えるようになった。

　ある晩、会社から帰ると、秋（当時三歳）が、その日、カメがどうやってカマキリを食べたかを説明してくれた。まずカマで顔を挟まれたカメは頭を振って体勢を入れ替えたという。

「どうやって？」と聞くと、「こうやってこうやって」と言いながら、秋は頭を斜めに振りながら、その場でくるくると回った。

　そのあと、カメはカマキリを腹の方から食べたらしい。カマキリが最期に万歳をしつつカメに喰われていくシーンも身振りを交えて再現してくれた。私の目にはカマを振り上げたまま、なすすべもなくカメに食べられていくカマキリが見えるようだった。

コガネムシの幼虫をやったときも面白かったようだ。危険を察知したコガネムシの幼虫は鋭いアゴでカメの頭にかじりついたが、ここでもカメは頭を振って（当時小学一年生の玄次郎のジェスチャー付き）一旦振り払い、幼虫の頭からかじりついたという。玄次郎が言うには、カメはコガネムシの幼虫が一番好きらしい。子どもたちはカメの動きから感情が読めるようだ。動かないエサより、動くエサの方がカメは絶対に好きだ、と子どもたちは言い張っていた。祥太郎はエサ用に捕まえたセミからウジが出てきたのを見て寄生虫だと騒いでいた。ウオビル事件で私が感心したので、彼は寄生虫に興味を持ったようだ。だがそのウジはいわゆる寄生虫ではなくおそらくハエの幼虫だろう。

Ｂ天池でカメを捕まえているとき、通りすがりのおばさんが、「そのカメ放してあげなさいよ。罰が当たるから」と言って立ち去っていった。なんと言ってもそこは神社の境内である。だが、三人の子どもたちはしばし動きを止めたあと、さして気にするそぶりもなく、捕獲活動を再開した。

カマキラス対ガメラやモスラ対ガメラを映画で見るより、目の前の水槽で見る方が面白い。経験としても本質的だと私は思う（カマキラスもモスラもゴジラの怪獣なのでガメラとは戦わない）。寄生虫を取ってやり、毎日のように新鮮な虫を与えてもらう。

時に子どものオモチャになって、アスファルトの上を歩かされたり、友達に見せると言って、少し離れたところに連れて行かれたりすることもある。だが、我が家に来たカメがB天池にいたときより不幸になったとは私には思えない。そしてまちがいなく、カメのカメちゃんは世の中の重要ななにかを子どもたちに教えてくれている。

それでもわれわれには罰が当たるのだろうか。

服部家、ゲタの家に移る

二〇〇九年暮れ、借家の平屋から崖に建つ現在の家に引っ越したとき、祥太郎は四年生だった。斜面に建つため土台のモルタルが高下駄のようになっているのでゲタの家と呼んでいる。直線距離で四〇〇メートルしか移動していない引っ越しだったが、ゲタの家は平屋のあった地区から尾根を越えて数十メートルの山の斜面を降りた側にあったので、別の小中学校の学区に入っていた。

最近は行政区より地域との関わりが重視されるようになり、学区外からの通学も希望を出せば許可されるらしい。だが、一〇年前はいささか事情が違った。すでに通っている小学校を転校する必要はなかったが、新規で通いだす中学校に関しては、家のある場所通りの学区に行くことが強く求められ、学区外通学は筋の通った理由がないとできなかった。

祥太郎の通うF尾小学校からはほとんどが、O綱中に行く。もちろん祥太郎も知り合いのいない隣のT町中ではなく、皆と同じO綱中に行きたがっていた。その時点で一二年間、駅伝チームで走ってきた私もO綱中の学区が地域の活動の場だった。隣の学区の中学校に知り合いはひとりもいない。だから息子たちもO綱中に行くほうがしっくり来た。なにより、物理的にO綱中がいちばん近い。

祥太郎が六年生になった夏休み、私と小雪は学区外通学のお願いのため、O綱中の校長先生に面会を申し込んで校長室に出向いた。

口頭だけでは説得力がないと思い、学区外通学が必要な理由をレジュメにまとめた。だが、できあがったレポートは、感情的な希望を無理に客観的な理由に仕立てあげているようで、自分でもいまいち説得力が感じられなかった。

「希望はうかがいましたが、ちょっとこの理由では学区外通学はむずかしいかもしれませんね」と校長先生は言った。「市の教育委員会に聞いてはみますが、期待しないでください」

学区外通学は校長の許可ひとつである。教育委員会の名前を利用して穏便に不許可にするつもりが見えていた。

いくつかでっちあげた理由の中で、多少説得力があるのは東日本大震災の直後だったので、万一の災害時に知り合いの多いO綱中学区のほうが安全というくらいだった。O綱中の現役生徒（駅伝のチームメイト）の名前を何人か挙げて、O綱中との関係を主張してみたのだが、「生徒に知り合いがいるからなんなの」という感じで、流されてしまった。

「後日連絡します」と言われて、中学校をあとにした。その日の夕方、たまたまアキさんに会った。アキさんは駅伝チームの選手兼監督であるK村さんの奥さんで、駅伝チームには事務局長として私より長く関わっていた。息子のミノル（駅伝チーム出身）がちょうどそのとき、O綱中（陸上部）に通っていて、アキさんは生まれながらの世話役キャラそのままにPTAの役員をしていた。

「祥太郎の学区外通学、きびしそうですわ」と私はアキさんに打ち明けた。

「文祥さん、駅伝を通して、地域とかO綱中にすごく貢献しているのにねえ」

「祥太郎の入学は話が別みたいですね……」

「ふーん」と言うアキさんの目の奥がギラリと光った気がした。

駅前でアキさんの顔を見たとき、もしかしてPTA役員のアキさんが校長になにか言ってくれたらという下心が一瞬頭をよぎったのは正直なところだった。だがまさか本当にそこから事態が好転するとは期待していなかった。

校長先生から電話がかかってきたのは翌日の夕方だった。面談に行ったときとは態度がまったく違い「祥太郎さん、ぜひ、本校にいらしてください……」とどこまでも低姿勢に変わっていた。

当時、F尾連合町会は港北駅伝一〇連覇中で、O綱中には地域の駅伝大会で優勝した経験を持つ生徒が毎年入学していた。O綱中陸上部も区内では敵なしの強豪だった。たぶんアキさんは校長室に怒鳴り込んで、そのあたりのことと私を絡めて少し大げさに言ったのだと思う。

この事件があったために、玄次郎も秋もそのまま、かつて住んでいた地区の、小学校の友人がみんな通うO綱中学にすんなりと越境入学することができた。

「あの時、校長になにか言いましたよね」といまでも、ときどきアキさんに聞く。

「いや、なにも」とアキさんは笑っている。

元服人力旅行　祥太郎編

朝、一回ちゃんと起きて、あいさつすること（朝食後の朝寝、昼寝は自由）。食卓では左右対称な姿勢で座ること（あぐら、正座、女の子座りなど足の形は問わない）。歯磨きをすること（歯の健康を守ること）。以上が服部家の一員として一緒に生活するルールである。これ以外でくどくど言うことはない。

小学校一年生からは、お小遣いを出したが、なにもしなくても毎月お小遣いがもらえる、というのはどうも釈然としないので、般若心経（はんにゃしんぎょう）を声に出して詠（よ）んだらお小遣いを出す、という制度を作った。私は敬虔（けいけん）な仏教徒ではないが、世界のカラクリを見通すような般若心経の前半は好きだ。

さらに親としての自己規律として、基本的に自分たちが食べるものは自分たちで料理するというのがある。手抜きのための外食はしない。モスバーガー以外の大手ファストフード店の「ヒト餌」は社会勉強として、数年に一回、体験するだけ。

それ以外にもう一つだけ、実行したいと思っていたことがあった。元服式的に、観光旅行ではない旅を子どもたちとするというものである。

私の実家（村田家）には、中学高校大学の入学前の春休みに、父の実家がある長崎へ親戚回りのあいさつに行くという儀式があった。中学生になるときは父と二人で飛行機に乗り、祖父母に会い、叔父叔母にこれでもかと食べ物を提供され、従兄弟と釣りをして、原爆資料館を見た。親戚巡りをするだけで、大きな事件があったわけではないのだが、父と二人というあまりないコンビで長期間いっしょに行動したことと、「子どもであることもこれで終わり」という儀式的な意味合いとで、心に残る思い出になっている。

息子たちとも子ども時代の終わりに旅行したいと思った。できればインドやラオスなどに行きたかったが、長い移動はそれだけで疲弊してしまい目的が揺らぐ。パスポートを作るのも面倒くさい。家から自転車で出発して、一週間ほどぐるりと回って、帰ってくるサイクリングで充分なのだが、日本の道路は車が多くて危ない。

そこで沖縄という発想を得た。

家から自転車で羽田まで走り、自転車をバラして飛行機に乗り、那覇空港でまた自転車を組み立てて出発。これなら一時間半の飛行なので、負担にもならないし、荷物（自転車）を持って人ごみを通過することもないので、なんとなく日常の延長になる。

「自転車で沖縄行かねえか」と祥太郎を誘った。

「海はどうするの」

「いや、自転車で行くんじゃなくて、飛行機に自転車積んで、沖縄をサイクリング。一日、五〇キロくらいしか移動しないから、祥太郎でも大丈夫」

「いくいく」と話は簡単に決まった。

　卒業後の春休みに行ければよかったのだが、編集している月刊誌の忙しい時期と春休みが微妙に重なり、まとまった休みが取りにくかった。一一月頭の文化の日前後なら休みやすい。そこで担任の先生に、一一月の頭に一週間ほど休みますと伝えたら、

「それはちょっと」と待ったがかかった。

　O部先生は実力派の若手教師として子どもにも親にも人気があった。知らない土地を自転車で旅する以上の体験が教室でできるわけはないことは、先生も重々わかっていた。だが冠婚葬祭などではない欠席は目立つらしい。一〇〇パーセント遊びのために義務教育の授業を放り出すというのは、祥太郎だけが特別扱いのようで他の生徒に対してシメシがつかない。やっかみからいじめなどに発展する可能性もゼロではない。

　学校なんかガンガン休んでみんな遊んでいるのかと思っていたので、ちょっと驚いた。だが、自分のことを思い起こせば、小中学生のときに、サイクリングで学校を休むなんて考えることもできなかった。

「帰ったら旅の報告を教室でするというのはどうですか」とO部先生から提案がきた。勉強という面でも、旅を教室で共有するという面でも上手くいくのではないかと言う。

私が教室で発表するのではないからどうでもよかった。

出発の日は首尾よく晴れた。自転車の整備も済んでいる。いってきます、とまるで鶴見川にサイクリングに行く感じで出発。いつもと違うのは私の自転車の荷台に四〇リットルのザックが括り付けられていることくらいである。キャンプはしない。夜はすべて安宿に泊まる。

予想通りの時間に羽田に着き、自転車をバラして預け、飛行機の中で一眠りしたら、那覇空港に着いていた。空港の隅で自転車を組み立てて、おもむろに漕ぎ出す。那覇の国際通りは近い。

初日の宿だけはサイクリング好きの友人に教えてもらい予約してあった。家から羽田までをあわせても、三〇キロは漕いでいないだろう。祥太郎にも疲れは見えない。国際通りの公設市場の大きな食堂で夕食。

翌日から、西海岸沿いを北上した。観光はせず、ただ走るだけ。風景の中を漕いで移動するのが目的だ。町の小さな商店で、あんぱんとジュースを買って休憩。何度目かの休憩で、沖縄独自の一〇〇円ソバを知った。弁当屋や商店の店先に茹でたソバがプラ容器に小分けにされてあり、給湯器のツユを自分で入れて食べる。インドの路肩喫茶やベトナムのフォー屋台に近い、素晴らしいシステムだ。総菜コーナーも充実していて、地元の人が作り立ての総菜と一〇〇円ソバを朝食にしている。

気分はもう期待していた貧乏海外サイクリングだった。私が若い頃と違うのは、宿の予約を携帯電話でしなくてはならないこと。「るるぶ沖縄」の情報欄に出ている安宿の多くは〈要予約〉の文字が多い。私は携帯電話を所有していないが、サイクリング仲間にその宿事情を聞いていたので、会社の出張用携帯を無断で拝借してきていた。日が高くなったころに、その日の進み具合を見て、滞在地を決定し、安宿を調べて電話をかける。

宿についたら部屋を確認する。内弁慶の祥太郎はドミトリーを嫌がったが、オフシーズンだったので個室の安宿は苦労せずに見つけることができた。宿に荷物を入れたら、もう一度自転車に乗って、夕食を食べる食堂を探しながら海辺に行き、浜辺で遊ぶ。水はやや冷たいが、海水浴ができないほどではない。

「そっちに行ったぞ」と足元をイワシの大群がすり抜けて行ったことを告げる。

「すげー」青く光る小魚の群れを見て、祥太郎は驚いている。

ハブクラゲの季節になっていたため、監視員がいるような遊びやすい浜で沖に出ると咎められた。帰りは八百屋で見たことのない南国フルーツを購入して食べ比べ。

三日かけて名護（なご）まで走った。名護に二泊してフルーツ園と美ら海（ちゅうみ）水族館をレンタカーで優雅に回るつもりだった。自力に強くこだわらず、ときどき文明に甘えるくらいが、また、自力の魅力を意識させてくれる。

名護市内に入ってからレンタカー屋を見ながら宿を探した。宿のおじさんに予定を聞かれ、「レンタカーで名護観光をしようと思うのだが、レンタカーが高いですね」と言うと、「うちの車を安く貸してやるよ」と返って来た。白タクと同じく違反なのだろうが、こっちでは日常なのかもしれない。

秋のピアノの先生から「名護のフルーツ園の経営者が知り合いで、服部さんの本を読んでいるから、沖縄に行くなら絶対に顔を出せ」と強要されていた。実際に行ってみると私のことを知っている経営者は不在で、「あれ？」だったが、職員に話が通っていて、私と祥太郎を値踏みするような目で見ながら入場券とフルーツの盛り合わせ無料券をくれた。隣接するレストランでいただいたそのフルーツ盛り合わせは巨大で、それだけで顔を出した甲斐があった。

美ら海水族館ではたまたまジンベエザメの食餌時間にあたり、オキアミを大量の海水ごと吸い込むジンベエザメにこちらも息をのんだ。

ラッキーだったね、と祥太郎が言う。確かにラッキーだが、修学旅行が多く、小学生の親子連れは浮いていて、私はちょっと落ち着かなかった。

ヤンバルまでぐるりと回りたかったのだが、小学生にはちょっとハードなので、名護から沖縄本島を横断（峠越え）し、東海岸に出た。西海岸よりさびれていて、サイクリングにはもってこい。サトウキビ畑から飛び出た小さなサトウキビを抜いてかじる。

「そんなことしていいの？」と祥太郎。こいつはこういうところで突然まじめになる。

「畑から飛び出てるからいいの」と答えておく。

祥太郎が小学校低学年のときにクライミング体験として、公園の石垣（と言っても高さ三メートルくらい）にロープを張り、祥太郎と友だち数人を登らせたことがある。みんなのアイドルだったサラちゃんもハーネス（安全ベルト）を付けて、ロープにぶら下がって登った。スカートだったのでパンツが丸見えだった。

「サラちゃんのパンツ見ちゃったな」と祥太郎に言うと、「いや、見てない」と返って来た。絶対見たはずなのに、そういうヤツなのだ。

休むときは見晴らしのよい浜に出て、お土産用の綺麗な貝殻を探すのがきまりになった。

「あんたら、学校休んで、自転車で旅行か」とおじいさんが声をかけてきた。

どきりとして「学校なんかガンガンさぼった方がいいんですよ」と先制攻撃に出た。

「そうだ。それがええ」とおじいさんも嬉しそうだ。はじめから、祥太郎を褒めるために声をかけてくれたようだ。

久高島の宿に電話してみると空いているというので、フェリーに自転車を載せて渡り、島を走って一周した。名物というウミヘビソバを食べる。海も浜も美しい。

本島に戻り、南端へ行って、沖縄戦の平和祈念資料館へ。私が長崎の原爆資料館に絶対行かなくてはならなかったように、ここだけは絶対と最初から決めていたところだ。

ここでも修学旅行のバスが次から次へとやって来て、生徒たちがゾロゾロと降りて来た。我々は、米軍が上陸した浜や巨大な米軍基地や沖縄市のさびれた街並など、沖縄の現代史を自分の自転車で走って体感していた。そのためか祥太郎の顔つきは、修学旅行生とはちょっと違う。

那覇に戻る日は、いつもより走る距離が長くなった。車も増えて走りにくい。少し先を急いでいたところで横から車が出て来て、私は急ブレーキをかけた。長時間走行で集中力をなくしていたのか、祥太郎のブレーキが遅れ、私にぶつかった。ちょっとぶつかっただけのまったくたいした事故ではなかったが、祥太郎がショックで泣き顔になっていた。

那覇に早く着きたくて、いつの間にか、私は焦っていたようだ。その私に追いつくのに祥太郎は必死で漕いでいたらしい。

「休もうか」と私は自転車を降りた。

「大丈夫」と祥太郎は言う。

思い起こせば、中学入学前の長崎旅行で、帰りの飛行機が飛び立ったとき、私はなぜか感極まって、涙目になっていた。今生（こんじょう）の別れというわけではないのだが、親戚や従兄弟がこの地で生きているのだ、と旋回する飛行機から長崎の街を見下ろして切なくなった。

車道から離れた木陰に座って、持っていたお菓子をちょっと食べた。

国際通りでお土産を買い、自転車をバラして羽田に飛び、羽田から自転車で横浜に戻った。家についた祥太郎は大汗をかいてぐったり疲れている。

「どうだった？」と我が子の帰還に目を輝かせて、小雪が聞いた。

「羽田から家までがいちばん疲れた」と祥太郎はずっこけ発言をしている。

羽田で自転車を組んだときにタイヤが少しズレ、ブレーキにこすれて、ペダルが重かったらしい。

繁殖日記　ヒヨコ編

狩猟をはじめて数年は、思うように獲物が獲れなかった。獲物を求めて山を歩きながら、せめて年老いたケモノかケガで動きが鈍いケモノでもいてくれたら、などと考えていた。弱った個体は野生環境では生きられない（ので出会うことはまずない）。ならば誰かがどこかにシカを繋いでおいてくれればいいのに……。それはワナになってしまう？　いやそれが家畜か？

鹿を獲るよりヤギを飼う方が効率がいいのではないだろうか、と渉猟（しょうりょう）しながら考えた。狩猟税と銃器にかかる経費と、猟場への交通費などを暗算しつつ、この損得勘定こそが家畜の起源かもしれないと思う。横浜で飼うならヤギよりニワトリの方が現実的かな、と想念は取り留めない。このときは、これらの思索が行動に移されることはなかった。

後年、少しずつ単独猟で獲物が獲れるようになり、骨やスジ、雑肉などの処理に困るようになった。そのとき、ニワトリを飼えばすべてがうまくいくかな、とひらめいたのは初期の獲れない時期に、ニワトリを飼う算段をしていたからだったと思う。

神保町にある農文協の本屋に立ち寄り、ニワトリ飼育のノウハウが書かれた『ニワトリの絵本』を手に取って、私の中では話が決まった。おそらくニワトリは我が家の生活にぴったりはまる。問題はどこでヒヨコ（ニワトリ）を手に入れるかだ。だが、ネットで検索するとすぐに「ピヨピヨカンパニー（以下ピヨカン）」という驚くべきネットショップにぶつかった。

日齢という言葉をはじめて知った。その生物の寿命や成長速度で生命時間はちがうので、日齢、週齢、月齢、年齢とあり、ピヨカンでは日齢一五日のニワトリを販売していた。

夕食で家族五人が集まったときに「ニワトリを飼わないか」と提案してみた。子どもたちは「飼いたい」と連呼した。

「世話もしなくちゃダメだぞ」

「するする」

「誰が責任者になる？」

「オレがやる」と言ったのは玄次郎だった。玄次郎は幼い頃から生き物全般に興味を持ち、私の虫捕りにも積極的についてきた（その後、ニワトリの実質の担当は秋になる）。

「鳴き声は？　臭いは？　エサは？　世話は？　どこで買う？　値段は？　維持費

は？　ほかもろもろ」とあきれるほど否定的なのは小雪である。よくもまあ、マイナス要因をここまで見つけられるなあ、とある意味では感心する。

「やってみて、うまくいかなかったら、焼き鳥にして食べちゃえばいいじゃん」と私は言った。

　狩猟をやっていなかったら、この発想はなかった。不都合なものは亡きものにしてしまえばいい、というのは一見、どこかの独裁者とかわらない。だが、狩猟をしていると、重要な選択肢のひとつだと思えてくる。命はかけがえがないと信じていたら、獲物に銃口を向けて引き金を引くことはできない。獲物を撃ち殺せるということは、命とは食べたり、食べられたりする存在だと認めていることである。

　どんどん生まれて、どんどん死ぬ（どんどん食べる）。個々の命を次々に更新することを動力にして、全生命体がうねりながら生き続ける。死は、現代人が思うほど悪いことではない。ただちょっと悲しいだけで、必要不可欠なことである。みんなが生きるためにみんなが頃合いで死ななくてはならない。もちろん私も。

「ニワトリなんか放っておけば勝手に生きる」と『ニワトリの絵本』を差し出した。

　日齢一五日のヒヨコを常時在庫として用意しておくことはできないので、ヒヨコは予約販売である。値段はニワトリの品種にもよるが、メスのヒナが五羽で三〇〇〇円、希望者にはオスのヒナが一羽おまけでつく。

高い買い物ではないが、相手は生き物、いざ購入となると不安になった。臭いや鳴き声がひどくて飼い続けることはできないかもしれない。三〇〇〇円あれば、スーパーの特売日に卵を三〇〇個買える。ニワトリ小屋を建てるのに、廃材を駆使しても数千円はかかる。非効率な馬鹿なことをしようとしているだけではないのか。

決心して、ピヨカンのホームページを開けると、ちょうど春一番の販売終了間際だった。年間三〇〇個の卵を産むボリスブラウンは売り切れになっていた。素人（しろうと）はまず卵の出産能力に目がいってしまう。年間の出産能力が二八〇個とやや劣るロードアイランドレッドはまだ販売していたので、それを一セット（五羽＋おまけオス一羽）申し込んだ。

ヒナの受け渡しは、日齢一五日前後の都合のいい日に、近所の西濃（せいのう）運輸の支店に取りに行くという方法でされる。自転車で行ける範囲に支店があったのは幸運だった。指定日に背負子（しょいこ）を背負い、サイクリングがてら支店に向かった。段ボールで輸送されてくるというヒナ六羽を段ボールごと自転車に積むことも可能だが、衝撃を与えないために人体を介したほうがいい。

自転車で運べないものを、生活で使う必要はないと思っている。それは命も同じだ。かつて風邪を引いて喘息の発作が出ている玄次郎を自転車で救急病院に連れて行った。結果的にはそれほど重篤ではなかったわけだが、自転車のうしろに摑まっていられないほど衰弱しているなら、死んでしまっても仕方がないとどこかで思っていた（冷蔵庫や薪ストーブは業者の車で運んでもらったし、木材を購入したときもホームセンターの軽トラを借りている）。ニワトリを自転車で運べたのはよかった。我が家の正しい一員として迎えられる気がした。

家に着いて、ヒナの入った段ボール箱を開けると、予想とは違うものが入っていた。ヒナが思っていたより大きいのである。週齢二週は若鶏とヒナの中間という感じ。生え始めたばかりの羽が寄生虫のようで気持ち悪い。

結構大きくなったヒナの中にまだ小さいヒナが一羽だけ入っていた。頭にインクで赤い印がついていて、どうやらそれがおまけのオスのようだった。すぐにチビという名が付けられたそのヒナは、立ったままブルブルと震えていた。

「こいつダメかもしれないな。とにかく湯たんぽだ」

ヒナの育成にもっとも気を遣うべきは温度である。にわか知識によれば、ヒヨコ電球というヒナを温める電球もあるらしい。

湯たんぽを入れて、その近くにチビを置いたら、しばらくして震えが止まった。あとは自分で何とかしてもらうしかない。

家に来たヒナたちは、週齢四週くらいまで段ボール箱で飼うことができる。だからあと二週間で鶏小屋を建てなくてはならない。基礎工事はなんとなく始めていた。といってもセメントを打つのではなく、ウッドデッキに使ったウリン（という堅くて重い木材）の残りを庭に埋めただけ。我が家は横浜だが、冬になると家にイタチが入ってくる。ウリン基礎の周りを掘って、プラトタンを埋めた。イタチはニワトリ小屋に土を掘って進入し、血を吸うためだけに、皆殺しにするらしい。

ヒナを購入したピヨピヨカンパニーからはヒナ用の飼料がおまけでついて来た。すぐに足りなくなるのは目に見えていたので、買い足すべくネットを開いた。始めたばかりのことを必要に迫られて調べるのは面白く、そのままネットサーフィン。配合飼料は成長期間で、幼雛（ようすう）用、中雛（ちゅうすう）用、大雛（だいすう）用、成鶏採卵用、成鶏肉用などがある。粒子の大きさや成分が違うようだ。たとえば採卵用は、卵の殻になるカルシウム（貝殻など）が多めに入っている。

「配合」という言葉は必要な栄養が最適な割合で入っているようで耳触りがいい。だが実のところ最大の目的はニワトリの健全な成長や健康ではない。経済効率である。採卵ならたくさんのいい卵を産ませるために、肉用ならできるだけ早く太らすために、飼料が配合されている。

経済効率が優先なのは、ニワトリだけではなく、都市圏の人間の生活もである。そこに暮らす人間まで経済効率優先になっている。

経済効率を求めず、ニワトリにもその生涯を楽しんでもらうなら、エサは生ゴミと放し飼い（自己調達）をメインにして、配合飼料はおやつ程度で充分である。成長はゆっくりになるが、わんぱくで健康的なニワトリになる。ぬか味噌から塩分を抜いたような発酵飼料を作ってやればニワトリも喜ぶ。我が家のように狩猟獣の雑肉をやるという手もある。

ともかくこうして、服部家のニワトリ飼育が始まった。

狩りという学習

ニワトリを世代交代させながら長く飼い続けるには、オスが必要だが、そのオンドリの鳴き声は騒音になると各方面から聞いていた。成長してコケコッコーと時の声を上げはじめる前に、何とか対策を講じなければならなかった。

鶏小屋の中に、密閉度合いの高い小屋をさらに一つこしらえて、夜から朝にかけては、そこにオスを閉じ込めることにした。

送られてきたヒナたちの中で一番小さなヒヨコの頭に赤い色がついていて（命名チビ）、ピーピーうるさいので、おそらくそれがオスなのだろうと判断した。

ヒナが大きくなり、段ボールから鶏小屋に移したとき、チビがいつコケコッコーと鳴き出してもいいように夜は別室に閉じ込めた。音が漏れないようにドアはぴったりすきまなくしたので、窒息するのではないかとちょっと心配だった。翌朝おそるおそるドアを開けてみると、元気なチビと目が合った。鳥類は空高く飛ぶものもいるので、酸欠に強いらしい。

やがてヒナたちは大きくなり卵を産むようになった。チビはちっともオスらしくならない。卵も産まない。そのうち、トサカが膨らみオスらしくなるのだろうくらいにしか考えず、私はNHK BSの取材で極東ロシアのツンドラに旅立った。ツンドラの徒歩旅行を終えて、必要な映像もほとんど揃い、あとは帰国するだけとなったところで、ツンドラの大平原からスタッフの衛星電話を借りて家に電話した。すぐそこで話しているかのようによく聞こえる衛星電話で小雪と話し、「なにか事件は起こってない」と聞いた。長期間の山旅に出たとき、もっとも間が抜けていて怖いのは、身内に不幸があったのを知らずに遊んでいることだ。もちろん逆に、私が野たれ死んで、それを知らずに家族は笑って暮らしているということだってありえる。「事件、あったあった」と小雪が電話口で言い、私は身構えた。「チビが卵産んだ」

私はずっこけた。

帰国する頃には一日六個の卵が生まれるのも珍しくはなくなっていた。私は六羽が揃ってエサを食べている写真を撮り、ピヨカンにメールした。クレームではない。生き物を取り扱う限り、命にまつわる不確定要素を排除することはできない。笑い話を共有するくらいのつもりだった。ところがたまたま、ピヨカンで逆のことが起こっていた。別口にロードアイランドレッドのメスだけを発送したつもりがオスが交じっていたのだ。その「出戻りオス」がピヨカンの鶏舎にいて、いらないから、無料で送ってくれるという。

ヒナを受け取ったのと同じシステムで、自転車に背負子というスタイルで西濃運輸に向かった。私は取材山行のため、ニワトリが入った段ボール箱を玄次郎に託し、新横浜駅に向かった。成鶏に近いオスが入った段ボールは重い上に安定が悪く、玄次郎はフラフラになって家にたどり着いたらしい。

家に着いたオンドリは秋によってキングと名付けられた。

キングは我が家に来る前、鶏舎で配合飼料だけを食べていたようで、来たばかりの頃は、放し飼いで育ったメンドリたちに完全にバカにされていた。生ゴミは食べず、自分でミミズや虫を捕ることもできず、メンドリの尻を追いかけてもまったく追いつかないので交尾もさせてもらえず、ただ、コケコッコーとうるさいだけ。

食べられるか食べられないか自分で判断するというのが「思考」の始まりなのかもしれない。半放し飼いで育てたメンドリたちは、見慣れないものは一回嘴に咥えて、食べられるかどうか考えてから飲み込んでいる。はじめは毛虫も食べたが、すぐに食べなくなった。イラガの幼虫を食べて痛い目にあったのだろう。ベニカミキリも食べなくなった。ベニボタル（弱い毒）を食べて、学習したためだと思う。

たった一つの事例から判断するのは早計かもしれないが、人から与えられた配合飼料だけを食べていたら、なにも考えず、なにも判断できない、軟弱なニワトリになるということをキングは証明していた。

さて人間はどうだろう。食料調達という最高の学習を怠けてはいないだろうか。

キングはメンドリたちから食べるものを学んでいった。敬遠していた残飯をつつくようになり、我が家の傾斜地を歩き回って肉体的に強くなると、庭のムシを食べたり、土を掘り返したりするようになった。近づいても逃げられてばかりいたメスたちにも、追いつけるようになり、気のいいメンドリとは交尾をさせてもらえるようにもなった。

だがチビだけは相変わらず、まったくやらせていない。

元服人力旅行　玄次郎編

樹々の合間から見える空には星が散らばっていた。その星も、夜中に比べればもうずいぶん少ない。東の空が明るくなっている。

玄次郎が着ていく服や身につける装備は、昨晩チェックしてある。手袋と帽子は冬山用の暖かいものだが、私のサイズなのでぶかぶか。日高中部の避難小屋から近くの山頂をめざす。「近く」とはいっても日高の山は一つ一つが大きいため、標準で往復九時間の行程だ。

中学一年生の玄次郎は何も背負わず空荷で登る。私が二人分の食料と水、防寒具、そして猟銃を持つ。登頂日に猟はしないが、銃は持ち主が常に管理していなければならない(小屋に置いていけない)。

小学六年生のときに父親(私)と二人で人力旅行に行くというのが、我が家のゆるい取り決めの一つだった。玄次郎が小学六年生だった昨年は、私がNHKの取材旅行で極東ロシアのツンドラに行き、編集に参加している山岳雑誌「岳人」の休刊騒ぎもあって、長期間休んで子どもと旅をする余裕はなかった。そのため、玄次郎と旅に出たのは、翌年、玄次郎が中学一年生の一一月の頭だった。

祥太郎と沖縄サイクリングにいった三年前まで、一一月の頭というのは私の短いオフ期間だった。春の山菜、夏の岩魚ときて、九月三〇日で渓流釣りが禁漁になる。そのため一〇月一日から一一月一五日（狩猟解禁）までの六週間が、獲物端境期になるのである（キノコをやる人もいる）。

ところが二年前に、狩猟の解禁が早い北海道で狩猟登録をして、「獲物山」を試みてみた。北海道の狩猟といえば、車で牧草地帯を走って、目についた鹿を撃つ「流し猟」のイメージだった。単独渉猟では、エゾシカは獲りにくいのかと思っていたのだが、実際に猟銃を持って北海道の山を歩いてみると、エゾシカとの出会いは本州より何倍も多かった。そのうえ北海道の渓流には禁漁期間がなく（禁漁河川はある）、狩猟と毛バリ釣りを同時にできた。鹿刺しとニジマスの刺身が同時に食卓（と言っても焚火の横）に並ぶのだ。さらに、冬の気配が漂い始めた山々には誰もおらず、山岳地帯に点在する薪ストーブが設置された避難小屋を、まるで別荘のように使うことができた。獲物があふれる広大な大地を満喫するには、「秋期サバイバル登山だ」と構えてガシガシ登るより、避難小屋を基地にしてゆったりとハイキングしたり、渓流釣りをしたり、渉猟したりするほうがよかった。そんな旅なら体力や特殊な技術も必要ない。

というわけで玄次郎に、服部家恒例の元服人力旅行は北海道獲物徒歩旅行にしないかと提案してみた。

「旨いものだけはたくさん獲って食べさせるから」

玄次郎は行きたい場所にとくに希望もなく、旨いものには目がない美食家なので、話は決まり、飛行機で新千歳に飛んで、北海道の知人の車で入山した。前々から鹿撃ちが見たいと言っていた知人に声をかけたら、車を出してくれたのだ。

最初の四日間はその友人と三人だった。入山した翌日から天気が悪く、林道終点の小屋で寝転がって過ごし、三日目にようやく奥の小屋へ移動した。道中、キノコを拾っただけで獲物はなし。翌日はもう友人が帰らなくてはならない日だった。

峠まで見送りがてら鹿を探し、ようやく一頭獲ることができた。友人は静かに興奮していたが、小学五年生からたまに猟に付いてきて、多頭獲りを見た経験もある玄次郎は特に動じるようすはない。

友人に持てるだけの肉を渡し、小屋に戻った。二人きりになると、北海道の大地に玄次郎の小ささが意識された。車道の終点から一五キロ。人里からは四〇キロほど離れている。いま帰路を急いでいる友人を除けば、半径四〇キロほどに我々以外は存在しない。完全孤立。私が突然倒れたら玄次郎は避難小屋で薪ストーブを熾し、必要なものを食べることができるのだろうか。街まで戻ることができるのだろうか。日ごろ当たり前になっている「生きている日常」の一寸先は闇で、けっこうきわどいバランスの上を揺れ動いているのかもしれない。そんなことを感じるのは、私がこの状況を俯瞰（ふかん）する情報を持っているからで、玄次郎はまったく感じていない可能性もある。おそらくまったく感じていないだろう。

小屋の近くで再び鹿に出会い、撃った。

鹿にとってはまさに一寸先は闇である。

脂の乗ったメス鹿だった。玄次郎を鹿の横に立たせて記念撮影。表情が変わらないので、「笑え」と言ったら、ようやく笑った。これで肉の確保は充分だ。

昼食の後、サオを持って近くの渓流へ。二年前に来た時より魚影が薄い感じがするが、尺サイズを含む数本のニジマスを釣り上げ、食材がそろった。後は好天を待って山頂へ向かうだけだ。

うまく晴れたら暗いうちから出発できるように、前の日に準備をする。玄次郎はあいかわらずあまり表情がなく、楽しんでいるのかよくわからない。鹿の胸肉の味噌煮やニジマスの刺身を食べたときだけ、「うまい」と言ってちょっと嬉しそうにするくらいで、あとは飛行機でもらったスネークキューブをいじっている。

夜中に小便に出ると満天の星だった。いよいよ山頂アタックである。

朝六時、薄暗いうちに歩きはじめる。ゆっくりだが、止まらず、同じペースで歩き続けるのがコツだ。

「ゆっくりだぞ」と確認して、玄次郎を先に歩かせる。防寒対策で貸した私の装備がダボダボだ。青い空、クマザサの草原、そこを中学一年生が歩いて行く。アップダウンを繰り返す長い長い道のり。最後に最大高低差の長い登りを経て、ようやく山頂へ。小屋を出発してから五時間近く経っていた。

雪はほとんどなく、空は曇り始めたものの視界はよい。ただ風が強かった。

釣りや狩猟など獲物の世界には「獲物顔」という言葉がある。獲物を得た喜びを隠して、まるで偶然獲れたように振る舞いながらも、誇らしさが顔ににじみ出している状態をいう。獲物を平等に分配する文化の中で生まれた美意識の先にある表情である。分配を受ける側が気を遣うことがないように、獲った本人はまるで獲物に価値などないかのように振る舞うのだ。

山頂の玄次郎も、登頂した喜びと誇らしさを、顔に出さないようにしているのがわかる。体育会系とは言いがたい玄次郎をちょっと心配していたのだが、いつの間にか強くなっていて私の方が嬉しくなってしまった。

小屋に戻ったのは、一四時だった。薪ストーブに火を熾し、鹿の味噌煮を温める。脂の乗った胸肉を食べると、冷えた足先にじんじんと血が巡って行った。

下山は林道の終点にタクシーを頼んであった。時間を合わせて下山する。

　帰路の途中、鹿の小さなハーレムに出会った。遠くに我々を確認した鹿たちは足早に遠のいていたが、ポケットから鹿笛を出して、オスの鳴き真似を吹くと、オスだけがこちらに戻ってきた。発情期なので牡鹿（おじか）を笛で寄せてみせるというのは、出発前から玄次郎に予告していたことだった。

　玄次郎は戻ってきた立派な牡鹿から身を隠しながら、身をよじってニヤけている。かくれんぼの腸をくすぐられる感覚を味わっているのだろう。

　数日前に撃ったメスがあるので、肉はいらない。銃を構える格好だけして「ばーん。ばーん」と小さく四回。牡鹿は変な顔をして森の奥へ戻っていった。

「あいつ四回死んだな」

「ほんとうに鹿が来たね」

　無愛想な運転手のタクシーで里に下り、日高本線で苫小牧（とまこまい）へ。単線の列車にゴトゴト揺られていると、湿原の真ん中に大きな牡鹿が立ってこちらをじっと見ていた。玄次郎に教えようと目を向けると、玄次郎も気がついて鹿をじっと見ていた。

　電車はそのままゴトゴトと走り、湿原と鹿は後方に流れて行った。

「なんだいまの？」と鹿が見えなくなったところで口を開いた。

「鹿がいたね」

「俺が見た中で一番でかい」

日高本線は二〇一五年以降の一連の災害で、二〇二〇年現在もまだ、一部の区間でしか運行していない。シシ神様のような巨大な牡鹿は「今はなき」といっていい日高本線の忘れられない光景になった。

苫小牧で大浴場のついたホテルに泊まった。繁華街の飲み屋で刺身とご飯を食べ、夕食とした。ホテルも外食も元服式の一部である。原爆資料館や沖縄戦の平和祈念資料館に類するものに行けなかったのが、ちょっと心残りだ。

翌朝の飛行機で帰った。

濃厚脳みそ卵

ニワトリを飼う最大の目的は卵である。とはいっても、最初はどうすればいいのかも、どうなるのかもわからなかった。ヒナが来てから半年ほど経ったある日、ニワトリ小屋でけたたましく鳴いているのが聞こえた。見に行くと、産卵室ではなく、地面にいびつな卵がひとつ転がっていた。

人間が出産するときも大きな声が出るが、ニワトリも騒ぐ。卵をひねり出すのは痛そうだ。毎日産んでいるいまでもときどき大きな声で鳴く。

記念すべき第一個目の卵は、私が卵かけ御飯にして食べた。「劇的にうまいわけではないな」というのが第一印象だった。

卵の味が上がったのは、鹿の雑肉を食べさせるようになってからである。キングが来て有精卵になったことや、産み慣れて、卵が安定してきたことも関係しているのかもしれない。

ニワトリ小屋には、奥行き・高さ・幅、それぞれ四〇センチほどの産卵室があり、布をかけて薄暗くして、卵が産みやすいようになっている。だが初期の頃は、それぞれの好みで、いろいろなところに卵を産んでいた。庭を散歩すると、材木置き場のすみや、雑草が茂る薄暗い場所で卵を発見した。次第に産卵室で産むようになった。

　羽の色が濃いニワトリは、色の濃い卵を産み、体の大きなニワトリは、大きな卵を産む。だから、卵を見れば、どのニワトリが産んだかがわかる。時には産卵室に入ったニワトリが産むのを待って、産んだばかりの温かい卵を食べることもある。これは今ブラックが産んだ、などと思いながら食べるのは、そのニワトリの一部を食べているような、それでいて排泄物のような、変な感覚である。

「産みたて卵」はおいしい卵としてありがたがられるが、出てきたばかりの卵は、割ってみると力なくでろりとしていてまとまりがない。生まれてから一日くらい経っている卵のほうが張りがあるようだ。

　さて、我が家は生ゴミを捨てない。ほぼすべてニワトリが食べるからである。食べないのは、みかんの皮と、タマネギの皮と、バナナの皮と栗の皮と、ネギの先端……などで、それらニワトリが食べない生ゴミは庭の堆肥置き場に投げるか、冬は薪ストーブの前に積んでおいて、多少乾いたら燃やしている。庭に散らばった皮類もそのうち腐敗して土になる。

　一般家庭から出る水分の多い生ゴミを燃やすために、ゴミ焼却場では化石燃料を使用していると聞く。飼料として高い価値のある残飯をわざわざ中東から運んで来た石油をかけて燃やすというのは、無駄の積み重ねである。ニワトリを飼うことで飼い主が得る最大の恩恵は言うまでもなく卵だが、地球環境への貢献は生ゴミを燃やさなくてすむことかもしれない。

秋の訪れを感じるようになる頃、玄次郎が「早く一一月の一五日にならないかな」とつぶやいた。

一一月の一五日といえば、狩猟者の正月、本州の狩猟解禁日であり、猟仲間の間では「明けましておめでとうございます」とメールが飛び交う。

中学一年生の玄次郎は、まだ狩猟免許を持っていないので、解禁を待ちわびているわけではない。私が獲ってくる鹿肉を強く待ち望んでいるわけでもない（おそらく少しは待っている）。なによりも彼が待ちわびているのは、鹿肉を食べたニワトリの卵である。

イベリコ豚がうまいのはドングリで育てるからというのは有名だ。動物性のタンパク質は、その動物が食べたもので味が変わる。「You are what you ate（あなたはあなたの食べたものに他ならない）」（英語圏の言い回し）は深く考えるまでもなく当たり前だ。

安っぽいもの——たとえば配合飼料で無理矢理太らせた家畜や農薬たっぷりの無機

栽培野菜――を食べていて、健康的な身体ができるわけがない。ところが日頃の生活で、我々はそれをあまり意識していない。良くない物質が混じっていたり、ぶよぶよして美味しくないとわかっているのに、目先の損得勘定だけで、「安い」ものを喜んで購入して食べている。安い食品を選んで出費をセーブするとは、自分の未来の健康を売っているのと同じかもしれない。

エサで劇的に卵の味が変わることを意識したのは、冬が終わろうとするある朝に食べた、ひとつの卵だった。異様と言っていいほど濃厚な味の理由を探して、ニワトリに与えたエサを思い起こし、三日前の鹿の脳みそに行き当たった。後日、別の鹿を仕留めたとき、頭や雑肉を食べさせてから、毎朝、卵の味を観察した。やはり、三日後に卵が濃厚だった。

鹿は人間が食べてもうまい。だが脳みそは濃厚すぎて、ゲテモノを食べ慣れた私でも、たくさんは食べられない。

中型の鹿の頭は七羽でつつくにはちょうどいい大きさのようだ。人間が食べるには飽きがくる濃厚タンパク質だが、ニワトリというフィルターをかけ、卵に変換すると最高の旨味に変わる。

外国の都市化されていない地域がテレビに映ると、たいてい画面の奥にはニワトリが歩いていて、BGMのようにオンドリの鳴き声が聞こえてくる。

ニワトリが人間の暮らしに入り込んできたのは、数千年前だと推測されている。温暖な地域に暮らす人間にとって、ニワトリは数千年間ずっと、家の周りをうろついている存在であり、日本でも数十年前までは生活の一部だった。

実際に飼っていると、ニワトリはもはや人間の遺伝子にその存在が組み込まれているのではないかと思うくらい生活になじむ。臭いは土の地面ならほとんどしない。勝手に生きるので世話もたいした労力ではない。視界の隅にお尻を振りながら歩いているニワトリの姿が入っていると気分が和らぐ。ただ、オンドリの声だけはうるさいと嫌う人がいる。

朝、ウッドデッキに座って周辺の音を聞いていると、耳に入ってくるのはニワトリの声ではない。鳥の声ではカラス、ヒヨドリ、オナガの声がもっと多い（季節にもよる）。常に聞こえていて、耳障りなのは発動機やモーターの音だ。近所の朝の通勤のバイク音は時計代わりになっている。宅配便が来たのもエンジン音でわかる。家から東横線の線路まで直線距離で四〇〇メートルほどだが、風向きと天候によって、電車の音がはっきり聞こえる。機械音はうるさいが仕事もしくは消費に繋がる経済活動なので、多少の騒音はみんなあきらめているようだ。

ニワトリの鳴き声も音量としてはかなりのものだし、早朝はたしかに「うるさい」。

ただ、ニワトリの声にはファンもいて、落ち着くとか懐かしいとかいい声だとか、言ってくれる人もいる。どちらかと言えばそっちが多数だ。大工の友人が、家の新築のため住宅街に行くと、向こう三軒両隣の五軒のうち、どこかの一軒に必ず「うるさい」と文句を言う人がいる、と言っていた。

「うるさい」という文句は、卵や鶏肉が手に入らないのにニワトリの声を聞くのは損だ、ということなのかもしれない。なぜなら、文句を言う人に「いつもお騒がせしています」と卵を持っていくと、一転してニコニコになるからである。

繁殖日記　ニワトリヒナ編

ニワトリの卵を孵（かえ）すのは暖かい季節である。秋から冬の卵は孵さず全部食べる。ヒナは寒さが苦手だからだ。

我が家で飼っているロードアイランドレッドは肉卵兼用に交配された改良種のため、卵を温める本能は薄い。数時間卵の上に座っていることもあるが続かない。だから卵は孵卵器（ふらんき）に入れて孵す。

メンドリたちが産んだ卵を数日分集め、形の悪いものを除いて十数個を孵卵器に入れる。適度な温度（三七・八度）で温めると、卵は発生を始める。一週間ほど経ったところで検卵。ニワトリにも性格や相性があり、数羽いるメンドリのなかに、どうやら交尾していない（キングに身体を許さない）ニワトリがいる。そんなメンドリが産んだ卵は発生しないため、温め続けても意味がないので取り除く。

日が沈んだ後に、廊下の電気を消し、卵をビニールテープの中芯に載せて、下から懐中電灯で照らすのが、我が家の検卵方法である。孵卵器から卵をそっと持って来て、

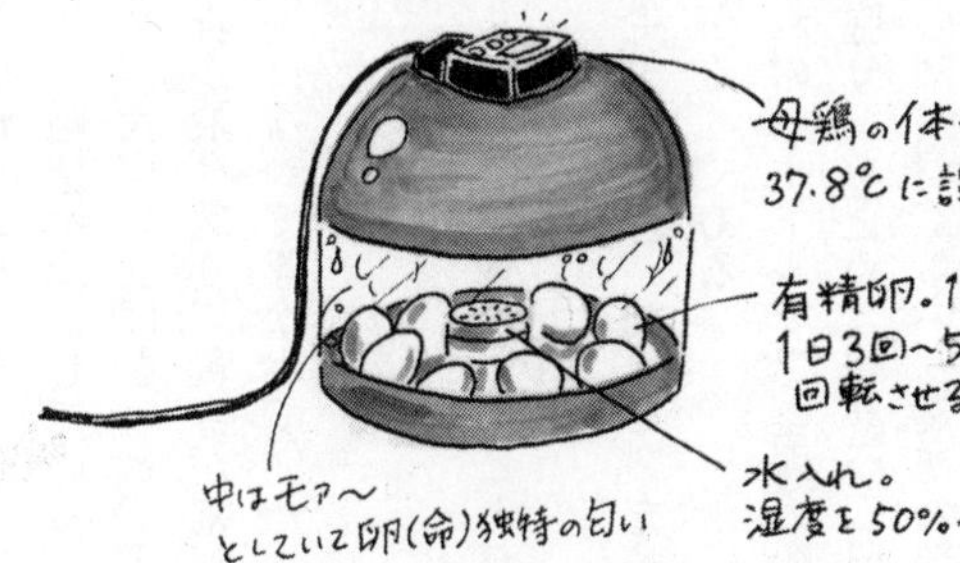

一人が卵を持ち、別の一人がビニールテープを持ちながら下から照らし、全員で覗き込む。息が合わずにLEDの灯りが隙間から漏れると、目が痛い。なんとか最後の卵まで検卵し、不発生は三つ。まあまあの成績である。最後の一個も確実に発生を始めていてひと安心。

ほっとして気が抜けたのだろう。小雪は秋が卵を持っていると思い、秋は小雪が卵を持っていると思ったらしい。検卵を終えた卵が、ふたりの手からするりとこぼれ落ちた。「ヒッ」と息を飲むような音を発することしかできなかった。

一秒の半分にも満たない時間で卵は床に達し、割れた。

「うわあああ」と私は思わず叫んでしまった。登山を長くやってきたので、落下によって命が壊れるシーンを目の前にして叫ばずにいられなかった。ほんの数秒間に生の喜びと死の絶望が隣接していることが、これまで接してきた山仲間の死を一気に思い起こさせ、大声を上げないと、正気を持っていかれそうだったのだ。

殻と白身が飛び散り、黄身が割れ、割れた黄身の中に発生をはじめて一週間の胚が二つの目玉になって浮かんでいた。たったいま確認された「いのち」が壊れ、もうどうにも戻せなかった。

温めはじめて二一日後に、ヒナが卵から孵る。それまでに四つほどのハードルがある。

一、発生する、二、細胞分裂を続ける、三、殻を割って出る、四、元気なヒナとして立ち上がる、である。

それぞれのハードルで二割弱の命が脱落する。一〇個温めたら八個発生し、八個の二割が細胞分裂を止め（残り六・四個）、二割減って五個強が殻から出て、最終的に立ち上がるのは四羽くらい。最初の半分以下になってしまう。

殻の中で鳥の形にはなったものの、殻に穴をあけたところで力尽きるヒナは哀れである。命にとっては、発生段階で死のうが、殻を破れずに死のうが大差ないのかもしれないが、端から見ている人間は、せっかくここまで来たのに……という思いを拭いきれない。あげく手伝って殻を割ってやったりするが、自分で出てくる力のなかったヒナが、立ち上がることはない。

ヒナを購入したときは、六羽の元気なヒナが送られてきた。ヒナとはぴーぴー元気なものという印象があり、その裏に同じくらいの死んでいった命があるなどとは考えもしなかった。自分の家の孵卵器で孵化させて、ニワトリの発生数の現実を自分の目で見たのは、考えさせられる体験だった。

現代の人間社会は授かった子どもをなんとしてでも生かそうとする。それが生命体の基礎戦略とは違うことを百も承知で、我々が求めた「豊かさ」なのだ。私も子どもたちも現代医療や保健衛生のおかげで生き残っている。もし、殻を破れなかったヒナを人間的な豊かさでなんとか成鶏にしたら、ニワトリという種はいったいどうなるのだろう。

元気に生まれたヒナにもまだハードルがつづく。寒い、熱い、溺(おぼ)れるなどの事故である。我が家では第三世代のヒナの一羽が湯たんぽの下敷きになって死んだ。

そして卵目当てのニワトリ飼育で、生き残る最大のハードルが性別だ。オスは卵を産まない上にうるさい。有精卵を作るためにはキング一羽で充分なうえに、キングは家族になじんでいるし、性格もまあまあである。近親交配は遺伝子の劣化につながるので、オスのヒナに生きる余地は一ミリも残されていない。

ただ、ニワトリはヒナの段階でオスメスを見分けるのが国家資格（鑑別師）になるほど難しい。素人が性別を判断するためには、ある程度の大きさになるまで育てるしかない。

ひと月も経てば「こいつはたぶんオスだな」というのはわかる。わかるのだが、今度は潰す踏ん切りがつかない。オスっぽいメスかもしれない、などとありもしない希望を抱いてしまう。生存率五割弱の孵卵器発生レースを生き残り、弱々しいヒナ時代から、ふわふわのかわいいヒナ時代、いたずらっ子時代、生意気時代など、ニワトリなりにこの世を生きようと頑張る若鶏に親近感が育まれているからである。

「いつ食う？」などと話はするものの、結局、踏ん切りがつかず、腹を決めて行動に移るのは、いよいよ鳴き始めたときである。オスのニワトリは成鶏になると「時の声」を上げるようになる。日本語でコケコッコーというやつだ。最初はまだへたくそで、ココッコーなどと言っているが、これが聞こえたら、週末にはもうトリ鍋をするしかない。若オンドリにとって「時の声」は自分への死刑宣告である。

孵卵第一期には五羽孵って、四羽がオスだった。なかに性格の荒い攻撃的なオスがいた。

「小学生のとき、こういう暴力的なバカがクラスにいたな」と私は言った。

「いたいた」と全員が口を揃えた。普遍的でありながら、それぞれ思い描いているヤツが違うのが面白い。攻撃的な若オンドリを見ているとだれもが教室のイヤナ野郎を思いだして不快になった。そのニワトリは誰にも愛されずにさっさと鍋になった。もし闘鶏として生まれていたら、またちがう生涯があったのかもしれない。

食べると決まると、子どもたちに「絞めてみな」と振るのだが、さすがにそれはやりたくないようだ。

「オレ、押さえる役やる」と絞める以外の役を玄次郎がさっさと確保する。

「じゃ、オレは羽根を抜く役」と祥太郎。

「じゃあ、秋が絞める役だな」と私。

「わたし見守る役」と秋。

最初の頃は玄次郎に押さえさせて、出刃包丁で首を一息に切り離していた。試行錯誤の結果、脊椎（せきつい）をポキンと捻（ひね）ってから、首を落として血抜きするほうが暴れないとわかった。子どもたちにやらせてうまくできずに、ニワトリが苦しんだり、肉の味が落ちたりしないよう、いまのところ絞めるのはいつも私の役目だ。

優しい性格のオスもいた。おっとりしていて成長も遅かったため、いつしかモモタローという名前が付き、鍋になるのも後回しで、かわいがられていた。豚は三代で性格を作ることができると本に書いてあった。気の荒いヤツをどんどん殺して、優しいヤツだけ残すと、養豚場全体が大人しくなるのだという。

モモタローを絞めるとき、秋は泣いていた。小雪も沈んでいた。だが、夕食の時間になると秋はもう元気になって、美味しそうにトリ鍋を食べていた。

「よく食べられるね」と小雪が言う。

「可愛がって育てて、美味しく食べればいいんだよ」と秋が言った。

たい。

偏差値に弱い父

偏差値と人の魅力との相関関係、そして社会の進歩とはなにかを文部科学省に問いたい。

祥太郎が高校受験を終え、私がへこんでしまった。大して偏差値が高くもない志望校に受からなかったからである。へこむ自分を分析して、ますますへこんだ。日ごろ「人の魅力と偏差値は関係ない」などと殊勝なことを言っている私が、その偏差値をいちばん意識している矛盾に、祥太郎も気がついていたようだが、少なくとも表面上はマイペースを貫いていた。

私が高校を受験した三〇年前、我が家では地域で一番の進学校に入るのが至上命令で、私は泣くほど勉強させられた。「金曜ロードショー」で「刑事コロンボ」を放映するのに、その日やらなくてはならない問題集のページが終わらず、母親と一緒に解答を確認して、テレビをつけたときには、始まってから五分経っていた。最初の五分を見ない「刑事コロンボ」について説明はいらないだろう。

テレビを消して、机に戻り、私は泣いた。なぜ、これほど勉強をしなくてはならないのか。進学校とは、見たいテレビを我慢し、面白くない勉強を無理にしてまで行くほどのものなのか。鬼のような母親をただ憎んだ。

謙遜(けんそん)ではなく、自慢でもなく、私は知能指数がそれほど高いほうではない。それでも無理矢理勉強させられて、私はなんとか県内で一番古い県立高校に入り込むことができた。ごりごりと校門をこじ開けて、ビリで入ったという感じだったが、進学校として有名な高校の標準服を着て、入学式に出たその日は、私の人生の中でももっとも晴れがましい一日だったかもしれない。

高校卒業後、一年浪人して、再びギリギリで公立大学にひっかかり、その後も、いつもギリギリでなんとか生きてきた。必修の単位が取れたのは、仲が良かったクラスメイト(マー君)が切れ者なうえに気前が良く、テストのときに私の隣に座ってサッサと答案用紙を埋め、私が見えるところに置いてくれたおかげである。そんな私が今では原稿を書いて自著を出版したりしている。ある意味で私は、中学校三年生のときに泣くほど勉強したことが、現代的な成功に繋がったサンプルの一つなのかもしれない。

だが私は、自分の息子に対して、目を吊り上げて勉強を強いることも、偏差値が上がるまで、根気良く一緒に問題集に取り組むこともできなかった。

祥太郎にとって祖母にあたる私の母親は、いまでも人生哲学を変えていない。できの悪い兄と私を無理矢理進学させた母親は、その経験を生かし八〇歳になるいまでも、塾の講師をしている。平凡な子どもたちをそこそこの学校に入れる「おばあちゃん先生」として有名らしい。今回も、孫をナンバースクールに進学させるべく、ハッスルして、時間があると長男を誘い、家に呼んで勉強を見ていた。

「偏差値と人の魅力は関係ない」と人は言う。私もそう思う。勉強して、進学して、その先になにがあるのか？　勉強が好きならともかく、そうでないなら、そこそこの大学に行くことに意味などあるのか？　自分が受験戦争をかろうじて生き残った先で、楽しい人生を過ごしているにもかかわらず、息子に激しく勉強させて、周りを押しのけて進学することに、私はどうしても価値を見いだせなかった。

「世の中はそんなに甘くない」という母親の声が聞こえてきそうだ。そうだろうか？　集中してなにかに取り組むのは確かに面白い。だが私以外の人もそうなのか、私にはわからない。必死にならなくても、そこそこで生きて行けるなら、それはそれでいいのではないのか。ハッスルして奮闘すれば経済的に豊かになれることは戦後七〇年で充分証明できている。同時に我々はハッスルしすぎるとやりすぎて、環境も自分も壊してしまうことも証明済みだ。

登山でハッスルしてきた私はあるとき、本格的な登山は持続可能な行為ではないと気がついた。みんなが必死で登ったら、未踏峰はなくなり、未来から初登頂の楽しさを奪うことになる。登山文化を作り上げようと努力することは、登山文化の終焉を早めることなのでは？　と気がついたのだ（たいして登れもしないのにすいません）。その「登山のジレンマ」から、進歩主義に疑問を持ったこともある。

ずいぶん前にその疑問を払拭してくれたのは、他でもない、志望校に落ちた長男だった。一歳になった長男が、つかまり立ちから手を離して、二本足ではじめて立ったときのことだ。二本足で立っている自分を認識した一歳の長男は「あへあへあへ」と大笑いした（直後に尻餅をついて泣いた）。

私が目撃したのは、できなかったことができるようになった瞬間の純粋な喜びだった。進歩とはたとえ個人的なことでも、自己肯定感を産み、その人を幸せにする。勉強でなくてもいい。なにか自分の能力を生かす深いことを見つけて、その深みを体験して欲しい。

そう考えている私は、同時に心のどこかに引っかかりも感じている。息子がとても一流とはいえない高校しか受験できないと聞かされてへこみ、落ちたと聞いてさらにへこんだ。祥太郎自身は結果は結果として受け入れ、すでに前を向いているようだ。私は自分が育った家庭環境の影響から、人をまず偏差値で評価する傾向が染み込んでいて、うじうじとしているのだろう。

ようするに私は偏差値に弱いのだ。学力と人の魅力は違うとわかっていても、息子が優秀だったら単純にうれしい。勉強というカテゴリーで息子を否定されることは、まるで自分を否定されることに似ていた。できのよくない息子を、私自身がどこかで否定しているとしたら、私は息子を通して私自身を否定している。ここにへこみのスパイラルができ上がる。

「なんでお前はダメなんだ?」という言葉を浴びせてしまう親の気持ちがわかった。「お前はダメだ」と切り離してしまえば、少なくとも自分は傷付かない。だがそんな台詞(せりふ)は何も産まない。それどころか最悪の一言だ。わかっているのだが……、ちょっと言っちゃったりして……。

長男と南アルプスへ

高校生になった祥太郎と夏休みに南アルプスの信濃俣河内(しなのまたがっち)に行った。

祥太郎は高校でバドミントン部に入ったが、同期の仲良しが辞めると聞いて、一緒に辞めてしまった。高校生活をバドミントン一色にする気はなく、夏合宿は反吐(へど)を吐くまで練習するというのも嫌だったようだ。祥太郎は小学校六年生のときに、近所のオッサンのヒロシの影響でバスケットボール(ミニバス)を始め、中学でもバスケ部に入った。体が作られる中学時代に運動系の部活に入れというのは、私が子どもたちに穏やかに強要したことだった。

玄次郎は卓球部に入った。玄次郎が入学した年の五月に世界卓球で日本のチームが活躍したことと、細身の玄次郎でもできるスポーツという消去法から卓球が選ばれたのだと思う。世界卓球の影響を受けた同級生は多く、その年の卓球部は人数が多かった。使える卓球台に限りがあり、顧問の先生にやる気がなく、卓球している時間より体育館でじゃれ合う時間のほうが長い部活だったが、玄次郎と卓球をやってみたら零封で負けた。

　バドミントン部をあっさり辞めた祥太郎は、勉強中心の緩い高校生活をはじめた。高校入試で公立高校に振られたこと（と本人以上に私が落ち込んだこと）が影響しているのかもしれない。

　じつは前年の夏、中学三年生の祥太郎と南アルプスの大井川源流行に行った。誰もいないツンドラ地帯のようでありながら、森林開発の残骸がラピュタ的に随所に残されている幻想的な山旅だった。この夏も祥太郎が山旅に行きたそうなので、今度は少し技術的に難しく岩魚が多い、信濃俣河内に誘ってみたのだ。

　山旅開始二日目。岩登りの動きが必要な、ちょっとした岩場を乗り越えようとしている私を見て、祥太郎は「手前の森の斜面から回り込む」と身振りで示し、下流に戻っていった。数手のクライミングで一段上がり、樹の生えた緩傾斜帯（かんけいしゃたい）で祥太郎が回り込んで来るのを待った。そのとき、ガラガラと岩が崩れる音がして、ドッポーンと、大きな物体が水に落ちる音がした。

　笑い話が増えたな、と思った。ところがコールしても反応がなかった。何度か叫び、大声で名前を呼んでもなにも返って来なかった。

　慌ててザックを下ろし、祥太郎が登ろうと目論んでいたラインへ走った。森の緩傾斜はそのまま渓（たに）に繋がっていたが、そこに祥太郎の姿はなかった。私はあわてた。最悪の状況を想定してしまい、そんなことが起こっていないでくれと祈りつつ、流れの中に息子の姿を探しながら渓を駆け上った。

呼びながら走っていくと、さっきのクライミングが必要な岩場にへばりついて笑っている息子がいた。血相を変えて下流から走って来た私を見て、すこし驚いている。足下の大きな岩が崩れて渓に落ち、コールは沢音で聞こえなかっただけらしい。私は自分の混乱ぶりを悟られないように、そのまま登るようにうながした。

かつて冬の黒部にいれこんでいた頃、岩と雪とヤブの絶壁にロープでぶら下がったり、雪崩が出たら終わりだと思いながら深い雪の中を移動したりしているとき、「こんな姿は親には見せられないな」と思っていた。そのときの報いをいま受けているのかもしれない。登山でも人生でも、手取り足取り導くことはできない。ある程度信用して放っておき、自分でなんとか生きてもらうしかない。それは他人だろうが息子だろうが同じだ。だが息子には、リスキーなことは私が知らないところでやってもらうほうが、精神的なストレスは少ないようだ。滑落するような場所ではないにしろ、もし落ちたらヤバいというところを息子が歩いているのを見るのは消耗する。

「祥太郎が事故ったか」とあわてた自分を振り返って、考えたのは狩猟のことだった。自分でも自分の思考回路のワンパターンさに、いささか呆れるが、やっぱり狩猟は「生き死に」なのだろう。狩猟を始める前はこの行為がこれほどまで思考に影響をおよぽすとは思っていなかった。

　息子が落ちて意識不明か？　と慌てたあとに、「お前は親子鹿の子だけを撃ったりしているぞ」とわが身に指摘していた。子どもを失ったかという戦慄が、私に子どもを奪われた母鹿の気持ちを想像させた。知り合いの老猟師が「もう十分殺したから」と銃を置く（猟を辞める）のに立ち会ったことがある。「今後も肉を食べるなら、銃を置くべきではない（殺生を背負っていくべきだ）」と当時の私は思っていた。最近は、猟師も人間なので、感情があり、筋からはずれることもある、と考えている。

　岩ドッポン以外に事件はなく、山旅は淡々と進んだ。

　岩魚も多く、祥太郎が振る毛バリにも躍り出てきた。岩魚は刺身とウハー（潮汁）にする。塩焼きは時間がかかるので私はやらない。だが祥太郎は、自分の釣った岩魚は自分で塩焼きにすると言って、串を切り出してきて焚火で炙った。

　私もはじめて釣った岩魚は串焼きにして食べた記憶がある。

　夕飯が済めば、山の夜は焚火くらいしかやることがない。じっくり岩魚を炙ってかじりついた祥太郎が「うまい」と言った。

元服人力旅行　秋編

一一月の北海道の山旅は、鹿、ニジマス、キノコと獲物が多く面白い。だが、テントなしストーブ（コンロ）なしのサバイバル登山を、冬にさしかかった北の大地で実践するのは危険が多い。避難小屋をベースに狩猟と釣りのトレッキングが適しているのだが、一人だとそんなぬるい旅をする自分の怠惰が許せない。ゲストがいれば「素人と一緒に山と狩猟を楽しむ期間」という言い訳になる。

「去年、玄次郎と行った日高の山旅に、今年は秋と小雪、行かない？」と夏の終わりに二人を誘ってみた。秋はまだ小学五年生で元服旅行には一年早いが、私は翌年に、六年生という微妙な年頃の女の子と二人きりで旅行するのをちょっと怖れていた。旅行中に初潮が来てしまったらどうするんだ？　とか、人知れず真剣に悩んでいたのだ。

母親がいたら、父と娘二人きりという面白みはなくなってしまうが、女子事情に関しては安心だ。小雪にも北海道の獲物旅行はおすすめだし、女の子は成長が早いので、息子たちより一年早くてもいいだろう。

ついでに子どもたちが赤ちゃんのときから一緒に遊んでくれている大学時代の友人にも声をかけた。最終的に、秋、小雪、マー君、ケンちゃん、私の五人で北の大地に旅立つことになった。

新千歳からレンタカーに乗り込む。日高本線は玄次郎と乗ったあと台風による高波で不通になった。

初日は林道終点の避難小屋に泊まる。もう秋が深まっていて小屋には誰もいない。気持ちよく息を吸い込むと、隣接するトイレからにじんできている臭いまで吸い込んでしまった。マー君が薪を集めに出て行く。彼はフランス文学科の同期で、仏文を首席で卒業した後、庭師（植木屋）になった。私の必修単位のいくつかは、マー君の頭脳と寛大な心によって取得できたものである。「文学→庭」というのは奇妙な取り合わせに映るが、本人は見えないところで太くつながっていると言っている。

いつも庭を造っているマー君は野外活動では頼りになる。必要なところを整地したり、荷物を運んだり、薪を集めて切りそろえたりはお手の物。

ケンちゃんは社会学科を卒業した。旅には慣れているが、野外活動には慣れておらず、新しいもの好きなので、今回もカメラのバッテリーを充電するソーラーとか無駄なこだわり製品をたっぷりザックに入れている。

山奥の小屋へは、まず沢を渡らなくてはならない。全員濡れるのはバカらしいので、秋と小雪は私がおぶって往復する。昨年、玄次郎もおぶって渡った。

すぐに始まった峠への登りで、案の定、ケンちゃんがバテた。

「いらないものを持ってくるとああなる」と指差して秋に言う。ちなみに、秋がザックに入れているのは、自分の着替えと寝袋だけだ。米と調味料のほとんどを私とマー君が持っている。そのため私のザックは重く、狩りどころではない。だが、エゾライチョウが飛び、近くの枝に止まった。首尾よく撃ち落とし、重い荷物がさらに重くなった。

峠を越えて、草原に降りると、遠くに二頭の鹿がいた。我々に気がついて、ゆっくり遠のいている。秋も見ているので「ああいう鹿を俺より先に見つけたら教えてくれ」と言った。

「わかった」

「そうしたら、おまえのせいで鹿が死ぬからな」

「……」

奥の小屋まであと六キロ。幸先よく鹿に出会えたので、すぐにまた別の鹿に会えるだろうと思っていたのだが、歩けども歩けども気配はない。荷物の軽い小雪と秋は女子会話全開でうしろを歩いている。マー君は皆の食料、ケンちゃんは不要な便利グッズで荷物が重く、そのうしろをゆっくり歩いている。

道の真ん中にヒグマの糞がてんこもりになっていた。そのサイズからかなり大きなクマだと予想できた。

「ヤバいぞ」と糞を指差した。

「ゲリだね」と秋。

「糞の状態じゃなくて、糞の主だよ」

「撃てないの？」

「撃てるけど……」

できれば遭遇したくない。

熊除けと鹿探しのために、私がすこし先行する。小屋まで数百メートルほどのところでようやく、鹿の群れが走った。

最後尾の一頭を撃つ。斜面を転げ落ちて来たので、すぐに血抜き。みんなが来ないので、心配になり少し道を戻ったら、のんびりゆっくり歩いていた。

「一頭、獲ったぞ。鉄砲が鳴ったの聞こえなかった？」

「いや、ぜんぜん」

みんなで倒れた鹿のところへ。秋は、撃たればかりの鹿を見るのははじめてだが、腹抜き鹿の解体は手伝っているためか、特に動じたようすはない。

「小屋はすぐ近くだから、先に行っていいよ」

内臓を出し、まっすぐな立木を切って、縛った足に通し、マー君と二人で、猟師運びする。

そこそこ大きなオスなので重い。ヨロヨロになりながら小屋に着いた。薪ストーブに火を熾してくれている……わけはなく、火を熾し、鍋や食器を整備し、水の確認。チャイにするお湯を沸かす。

「ここに着いたとき、鹿が喧嘩(けんか)してたよ」

よくある光景を目撃したかのように小雪が言った。

「え？」

「秋が先に着いて、見つけて、私が来たときは、もうやめそうだったけど」

「牡鹿が角あわせて喧嘩していたの？」とおどろいて秋に聞く。

「うん」と秋は平然としている。

二五年登山をして、一〇年狩猟をしているが、鹿の喧嘩を目撃したことはない。秋はすごい光景を肉眼で見たはずなのに、テレビ番組「ダーウィンが来た！」で、動物の驚き映像を見慣れているためか、自分が見た光景のスゴさがわかっていないようだ。

「それを撃てば、重たい思いして運んでくる必要がなかったなあ」

「喧嘩しているところを撃つの？」

確かにちょっとアンフェアな気もする。

鹿の胸肉の味噌煮、背ロースの刺身という北海道の定番はそろった。エゾライチョウはどう食べよう。

翌朝、私は日の出とともに一人で猟に出た。みんなはまだ寝ている。自分の面倒を見ればいいだけなので肩が軽い。歩き始めてすぐに大きなオスが立っていた、が、これは撃たない。今朝の狙いは子鹿である。少し歩いたらまた別のオスが立っていたがこれも我慢。しばらく歩いてようやく、親子の鹿と遭遇した。

こちらに気がついて跳ぶ。

私も走る。

二頭が立っていたところに駆けつけると、藪（やぶ）の中から子鹿がこっちを見ていた。うごくなうごくなうごくなと心の中で唱えながら、引き金をしぼる。銃声とともに子鹿が跳んだ。母鹿は別の方へ走る。子鹿を追うが藪が深い。

やばい、藪の中で息絶えてしまうと、見つけるのが困難になる……。

立ち止まって辺りを見回していると、ブフフフフと、息の抜ける音がした。その音へ向かうと子鹿が倒れていた。

子鹿を担いで小屋へ戻る。最良の肉も手に入り、今日の日中は自由行動だ。私は釣

りに出ることにした。母娘二人が見たいと付いてくる。私は沢歩き用の靴をもってい
たが、秋と小雪はないので、対岸に渡るところでは、見に来た二人をいちいちおぶっ
て運ばなくてはならない。
そこそこのサイズをなんとか数尾釣り上げ、よしとした。秋はキタキツネの糞を棒
でつつき、小石で埋めている。人にも宿る寄生虫エキノコックスの卵が入っている可
能性が高いから触るなと言ったのが、逆に気になるようだ。
奥の小屋三日目（旅の四日目）は、いよいよ登山の日だ。登り六時間弱、下り三時
間強の九時間コース。ケンちゃんは行く前からギブアップで参加しない。
空身の秋は、駆けるように登って行く。その後をゆっくり追う。空は快晴で、今年
は雪も遅い。慌てず、止まらず、ゆっくりのペースで歩き続けるのがコツだ。幼い頃
から足腰の強かった秋は、まったく疲れを見せない。大学時代、ワンダーフォーゲル
部だった小雪も着実に登って行く。庭師でクライミングを趣味としているマー君も息
が上がることはない。みんなしっかりした足取りで、強い風が吹く山頂に着いた。
すぐに下山。ちょっとは元服的な意味があっただろうか。
三時間かけて小屋に戻ると、小屋の周辺を散歩したケンちゃんは、鹿の親子とキタ
キツネに会えたらしい。
登頂は済んだので、残りの日程はおのおの好きなように過ごす。私は少し離れた渓

へ、一人で釣りに出た。秋の元服人力旅行が、私の獲物バカンスになっている。そういえば、祥太郎のときは問題になった長期の休みも、玄次郎や秋のときは完全スルーだった。立ち会い出産も、祥太郎と下の二人の間にはボーダーがあった。なにか世代的にラインがあるのだろうか。

祖父に買ってもらったデジタルカメラで嬉しそうに写真を撮っていた秋が、めっきり写真を撮らなくなった。おかしいなと思い「カメラは？」と秋に聞いてみた。表情が一瞬で消えた。

「なくしたろ」と聞いても返事がない。「どこで最後に出した」

「登りの沢の途中までは覚えている……」と泣きそうな顔をしている。

どうしたどうした、とみんなが首を突っ込んで来た。

「秋がカメラなくした。でも、帰りの道で回収できると思う」

半信半疑だが、私はかなりの確率で回収できると踏んでいた。

フライトの前日にレンタカーを停めてある林道の終点へ下山した。案の定、沢の踏み跡のうえにピンク色のカメラが落ちていた。入山の最初と下山の最後だけを撮るカメラ。

今夜は苫小牧の町で夕食を食べ、大浴場付きの安いホテルに泊まる。秋はこのホテル泊が一番楽しかったらしい。

繁殖日記　ナツとヤマト編

命は命を呼ぶのだろうか。ニワトリを飼いはじめて一年ぐらい経ったとき、夜中にメンドリが騒ぐので懐中電灯を手に小屋を覗きにいくと、産卵室にアオダイショウが二匹、とぐろを巻いていた。

「玄次郎、ヘビがいる。ビンもってこいビン」

こういうとき、助手として役立つのはなぜか玄次郎（このとき中学二年）である。

「どうするの」

「捕まえて喰うに決まってんだろ。うちの卵、横取りしてんだぞ」

だが、食べてしまったのがいけなかった。守り神を失った家に、ネズミが出るようになった。天井裏を走るのは当たり前、人が居間にいても、平気で台所を走ったりする。ワナで数匹捕り、茹でて叩いてニワトリのエサにしたが、ワナにかかるのは一部の間抜けな個体だけらしく、根本的な解決にはならなかった。

「猫でも飼うか」と命には命をぶつける提案をした。玄次郎（このとき中三）と秋（小五）は「飼う飼う」と乗ってきた。「猫はいいなあ」と生き物にそれほど興味がない祥太郎（高二）も賛同した。小雪も猫に関しては他の生き物より前向きだった。美大卒の小雪は朝倉文夫や熊谷守一の影響で、芸術家と猫はセットであるという刷り込みと憧れがあるらしい……と思ったら最後にはやっぱり、小難しく考えはじめた。

「ニワトリを襲う。糞が迷惑。家がめちゃくちゃになる……」

「やってみて、うまくいかなかったら、焼き猫にして食べちゃえばいいじゃん」とは言わなかった。

　それより私は、猫を飼うなら同時に犬も飼いたいなと目論んでいた。子猫と子犬を同時に飼い出せば、犬猫同士も仲良くなるし、家族も分け隔てなく受け入れられる気がしたのだ。

「というわけで犬も一緒に飼おう」と私は言った。

「え？」

「だから、犬と猫が仲良くなるには小さいときに同時に飼い出すのがいいんだよ」

　玄次郎と秋は「飼う飼う」とまた乗ってきた。祥太郎は面倒を見なくてもいいならどっちでもいいと投票を棄権したので、これで賛成多数。小雪はほとんどパニックである。

　私は子どもの頃からずっと犬を飼いたいと思っていた。公団団地に住んでいたので、ことあるごとに私は一軒家に引っ越そうと提案した。

「なんで?」と母親は聞いた。

「犬を飼いたいから」と私は何度でも答えた。

しかし我が家は引っ越すことはなく、青春時代を自意識と受験戦争に費やし、壮年時代を山と仕事と家庭（繁殖）に費やし、中年時代に狩猟をはじめ、犬たちに接する機会が増えた。そしてようやく犬を飼いはじめるチャンスが到来したのだ。

「ちょっと待ってよ。結局、世話をするのは私でしょ」と小雪は吠えている。ニワトリも結局、家にいる時間がいちばん長い小雪が世話をすることが多かった。

「やってみて、うまくいかなかったら、焼き犬にして食べちゃえばいいじゃん」とは言わなかった。「犬も猫も、ニワトリと同じく難しく考えないで、放っておけばいいんだよ」

「そういうわけには、いかないの」

見て見ぬフリできない者がババを引く。祥太郎、玄次郎、秋は「とりあえず後回し力」が高い。若者は将来の時間がたっぷりあると錯覚しているからだ。もし誰も世話をしなければ私がする。だが、小雪は私より「見て見ぬフリ力」が高くない。エサやりや掃除などを結局やってしまう。ただそれを「しかたなく」ではなく、「喜んで」やっているように見える。だから「楽しそうじゃん」と私は言うのだが、小雪は「あなたに言われたくない」と怒る。

というわけでまず子猫を探した。川越の山岳ガイドK藤さん宅で野良猫がたくさん子どもを産んでいるという情報を得た。同時期に北海道の写真家K次さんからメールが来て、その最後に、近所に居着いている野良犬が家の敷地内で勝手に子犬を産んだと書き添えてあった。

私が子犬を探していることなど伝えていなかったので、ちょっと運命的な匂いがした。

「その子犬、ちょっと興味があるのですが……」と返信。

K次さんによると、北海道でも近年、野良犬は珍しいらしい。だからなのだろうか、チャロと呼ばれている野良母犬はなかなかの曲者(くせもの)で、K次さんの家の周りで生活していて、食べ物は受け取るくせに、愛想は皆無。触れたことは一度もないという。小動物を捕らえて生きながらえているので、家の周りにはチャロに食われた動物の小さな骨が散乱している。K次さんが初めてチャロに会ったのは、鹿の死骸の横だったという。チャロが倒したのか、手負いで逃げてきて力つきたのかはわからない。

写真で見る母犬の面構えにハンターの風格があり、惹かれるものがあった。それとなく子犬たちのもらい手は決まっているのか聞いてみた。

「役場の子犬紹介コーナーに出せば、すぐもらわれていくんだ」

「俺も犬が欲しいなあと思っていたんですよ」

「責任をもって飼えるの？　もし飼えるなら、こういう出会いは大切にしたらいい。本気なら、一回、見に来たほうがいいよ。生きものだから相性がある」とK次さん。とは言っても、北海道と横浜だし、お互いそれほど時間に余裕があるわけではない。

「猟犬として考えてる？」

「いや、そこまでではないです」と答えつつ、「近年シカが増えたから、出猟すればおおよそ獲れるけど、なにかもの足りない。猟場を歩くとき、視界の隅に犬の姿を求めているのかも……」

「チャロはけっこうヤルから、その子も猟に使えるかもしれないな。飼い主の猟師以上に優秀な猟犬になることはない。ブンショウの腕にかかってるね。ともかく野良化を防ぐためにもブンショウの家族に慣れるためにも、固形物を食べるようになったら、母犬から離したほうがいい。あと一週間といったところだよ」

いったん保留にして、家族の意見、北海道からの輸送、予防注射などの問題を調整することにした。小雪の不安だけがクリアされていなかったが、「固形物を食べはじめた」とK次さんから連絡が来て、直前割引で朝夕のチケットを確保した。「とりあえず見てくる」と小雪には言い、一匹連れて帰るつもりで竹の籠（かご）を持って飛行機に乗った。

K次さんの家は新千歳空港から車で小一時間の山の麓だ。

天然の池と雑木林に囲まれた開墾地のハズレのようなところにK次さんのログハウスは建っていた。敷地の隅で母犬のチャロがすべてを理解しているような顔で、こっちを見ていた。横浜から持ってきた鹿の骨を投げると、咥えて走っていった。

我が家にとってははじめての犬なので、メスと決めていた。子犬三匹中、メスは一匹だったので、品定めする必要はなかった。最終判断は子犬の顔を見てからと言い残して横浜を出てきたが、すでに腹は決まっていた。

K次さん宅で昼飯をごちそうになり、子どもたちとドロケイをして遊んだら、フライトの時間が近くなったのでメスの子犬を竹籠に入れた。子犬はキョトンとした顔で鳴きもせず、成り行きに身を任せていた。

レンタカーに籠を載せるとき、視線を感じて見渡すと、遠くで母犬のチャロがじっとこっちを見ていた。

「大丈夫、ちゃんと飼うから」と私はチャロに叫んだ。

チャロはまったく身動きせずに、ただじっとこっちを見ていた。

子犬は籠の中で鳴くこともなく静かにしていたのだが、三〇分ほどでクンクン言いはじめ、手を入れてなでてやると、その手にべったりウンコが付いた。

事件らしい事件はそれだけで、飛行機に乗せ、赤い電車と銀色の電車を乗り継いで、家に帰って籠を開けた。心細そうに籠から顔を出したその瞬間、子犬は我が家の一員に加わった。秋と玄次郎が子犬をだっこすると奪い合い、小雪もデレデレ、祥太郎は少し離れたところから笑顔で見守っている。初夏のさわやかな日だったのでナツという名がついた。

子猫をもらう算段も同時に付けてあった。ナツが来た三日後にレンタカーでK藤さん宅を訪れ、黒猫の子を一匹もらってきた。黒猫は性格が穏やかで、ネズミもよく獲ると聞いていたからだ。黒猫なので名前はヤマト。予想どおり子犬と子猫は仲良くなり、小雪は犬も猫も嬉しそうに世話している。

犬も猫も愛おしい。命とは面白い。

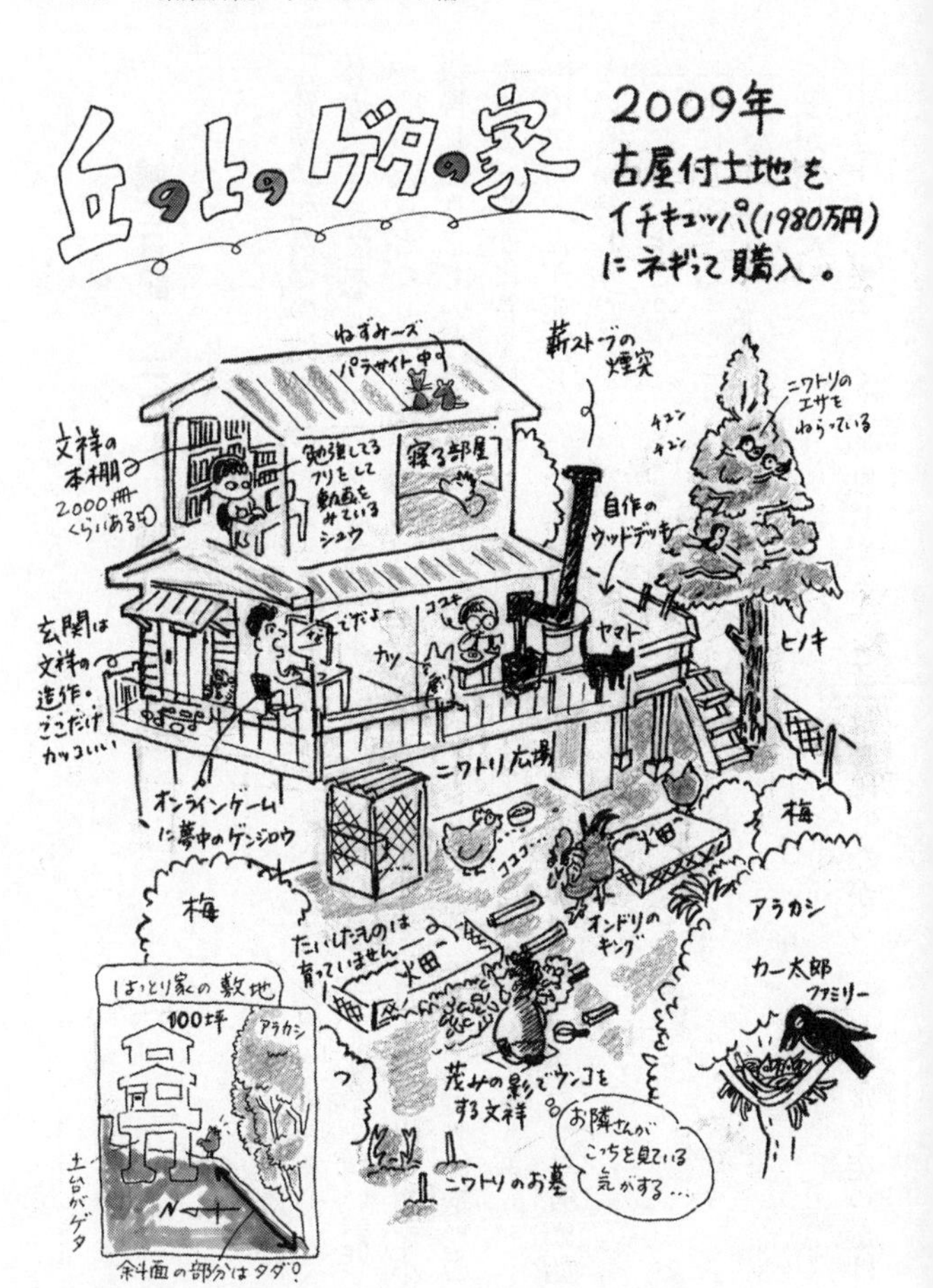

丘の上のゲタの家
2009年
古屋付土地を
イチキュッパ(1980万円)
にネギって購入。
ねずみーズ
パラサイト中
薪ストーブの
煙突
ニワトリの
エサを
ねらっている
文祥の
本棚
2000冊
くらいある
勉強してる
フリをして
動画を
みている
シュウ
寝る部屋
自作の
ウッドデッキ
玄関は
文祥の
造作。
ここだけ
カッコいい
ごはんできたよー
ココナ
ナツ
ヤマト
ヒノキ
ニワトリ広場
オンラインゲーム
に夢中のゲンジロウ
梅
畑
オンドリの
キング
アラカシ
たいしたものは
育っていません
畑
カー太郎
ファミリー
はっとり家の敷地
100坪
アラカシ
土台がゲタ
斜面の部分はタダ！
茂みの影でウンコを
する文祥
お隣さんが
こっちを見ている
気がする…
ニワトリのお墓

滅亡日記　ニワトリ編

最初に死んだのはモアだった。性格がおっとりと穏やか、顔つきも可愛らしく、身体が大きくて恐鳥（きょうちょう）モアのようなニワトリなので、そのままモアと名がついた。秋の一番の友達となり、学校から帰って来たら抱き上げて、その日あった出来事を小声で報告したりしていた。時には涙をぼろぼろ落としながら秋は話し、モアは抱っこされたまま、静かに首を傾けていた。

「モアちゃんが死んじゃった」と秋が泣きながら家に駆け込んで来た。これが始まり、というか終わりだった。

「なに？　どこ？」

「池に落ちてる……」

「見たのか？」

秋が頷いた。

「引き上げてやらなくちゃ駄目だろ」と私は怒鳴りながら、サンダルを突っかけ、池に走った。

古い風呂桶を庭に埋め、雨水を引き込んだのが我が家の池だった。そこにニワトリが落ちて動かなくなっていた。すぐに引き上げたが、もう冷たく、固くなっていて、蘇生する可能性は皆無だった。

秋は泣いていた。仲良しのニワトリと遊ぼうと庭に出て、池に落ちたモアを発見したのだろう。あわてて私に助けを求めにきたのに、私は怒鳴ってしまった。

「さっきはごめんな」と私は言った。

病気になったり、致命的な怪我をしたりしたニワトリはできるだけ早く絞めて食べる。そう家族に告げてきた。見守っていて死んでしまうと、消化器官の代謝が止まり、嫌な臭いを発するようになるからだ。それで食べられなかったら元も子もない。それは優しさではないし、最後に食べることこそが「家畜家禽と一緒に暮らすこと」だと思う。

モアもできるだけ早く内臓を出さなくてはならない。

「モア、可哀想だけど食べるぞ」と秋に言い、早速、モアの羽根を抜き、内臓を出した。

そのままモアはその日の夕食になった。トリ鍋である。

小雪は食欲がわかないようだ。秋はあっさりしたもので「やっぱモアちゃんはおいしいね」と箸をのばしている。

モアは二歳だったので、さらりとした脂がたっぷり乗っていて本当に美味しかった。食べながら、事故の原因を家族で推理した。おそらくキングが交尾をしようとして追いかけ回し、逃げているうちに池に落ちたのだろうということになった。気のいいモアは簡単に交尾できるのでキングが乗っかろうとして、モアが逃げるというシーンはよく見られたからだ。

三年目にパープルの元気がなくなった。身が軽く、単独行動が好きで、「アタリ」メスだったが、卵墜症のようだ。ここ数日は一羽で静かにしている。死んで味が落ちる前に絞めて食べてしまうべきなのだろうが、おいしい卵を三年産んでくれたメンドリには情も移っていて、思い切りがつかない。「治るかもしれないよ」と秋はあからさまに潰すのをいやがっている。ニワトリの寿命は一〇年くらいとされるが、産卵マシーンともいえるロードアイランドレッドのメスは若鶏でも産卵系の器官に支障を来すことが多い。

「もし、死んだことに気がつかないで消化器官の臭いが肉に移って、食べられなかったらやだな」と私は言った。それは私の中では筋が通らない、と考えながら、その「筋」とはなんだ、と自問する。

筋とは──自然界の掟のようなものだ。死に向かって転げ落ち始めた個体、生きる努力や代謝を続けられなくなった個体、もう生産しない個体、そういうものを自然環境は見逃さない。有用な炭素化合物として他の生き物の糧になる。そこに感情が挟まる余地はない。その個体にとっては残念なことでも（端から見ても可哀想だが）、全体を見れば、あたりまえで正しく清々しいことである。パープルがもし自然環境に暮らしていたら、動きが鈍くなった二週間前に何かに食われているだろう。

ところがパープルは回復した。卵もときどき産むほどまで元気になった。

その後、ブラックが同じような症状になった。心配だったが私は取材で山に行かなくてはならなかった。翌日ニワトリ小屋で冷たくなっていたブラックを発見したのは小雪である。

「食べなくちゃ命がもったいない」という思いは家族にも浸透していたようで、小雪と秋が羽根を抜いて解体した。だが、内臓はひどい臭いだったらしい。卵墜症に感染症が加わったのだろう。卵巣周辺が化膿していたのではないかと思う。

内臓はとても食べられず、庭に埋めたという。山から帰った私が、冷蔵庫に残されていた肉と骨をトリ鍋にしたが、いやな臭いが移っていて、結局、人間は食べられずに、ニワトリのエサになった。ニワトリたちにとってはごちそうのようで、叩いてやると嬉々としてついばんでいた。

「それブラックだぞ」と教えてやるのだが、日本語は通じない。もしくはわかっていて、気にしていないのか。

その後、駄鶏とバカにされていたモモが、その評価通り不調になり、ようすを見ていたが、ちゃんと歩けなくなったので絞めた。解体を兼ねて検死すると、肛門から卵管にかけて、大きな卵のなれの果てが少なくとも三つ詰まっていた。腐ってはいなかったが、糞の臭いを発しており、肉も臭かった。ロードアイランドレッドのメンドリの健康寿命は三年から四年くらいのようだ。不具合が出るのは産卵器官や卵巣がらみが多い。卵を産まないオンドリは一〇年ほど生きると聞く。年間産卵数が増えるように品種改良したツケをメスだけが払っているのだろう。

本来は産卵数が減った時点で絞めて食べるべきなのだろうが、初代の鶏たちは、いっしょに暮らしてきた同志のようで、踏ん切りをつけにくかった。

今度はタンポポが、すこし前に死んだブラックと同じ状態になった。卵墜症と思われる。羽はボサボサ、歩き方がおかしく、エサも食べない。ミミズだけは食べる。生(いき)餌(え)は病気に効くのだろうか。

最初、六羽いた初代のメスは三羽になっている。タンポポをつぶせば二羽になる。不調だったパープルは元気になり、ときどき卵も産んでいるが、その卵は水っぽく、かってのコクがない気がする。

ブラックのときと同じく、私は登山で留守にしなくてはならなかった。帰ってくるまで生きていてくれと思うのは、死んでしまうと肉が臭くて食えなくなるからである。

山から下りて帰宅し、「タンポポどうなった？」と小雪に聞く。

「まだなんとか生きてる」

鍋に水を入れて火にかけ、庭にタンポポの姿を探した。ウッドデッキのしたでうずくまっていた。捕まえても抵抗はない。これまでニワトリをつぶすときは、子どもたちといっしょだったが、学校から帰ってくるのを待っている時間さえ残されていないようだった。

頭を右手の指に挟み、左手は足を持って、ニワトリを伸ばすように引っ張って、クビをひねった。抵抗はまったくない。

そのまま、クビに包丁を入れて、頸動脈を切る。血が勢いよく吹き出し、ズボンに撥ね、地面を濡らす。血が染み込んだ土をニワトリたちがつついた。

血抜きの過程で、二回暴れたものの、静かになった。

お湯につけて、羽を抜く。若鶏を捌くときとは違って、垢染みた臭いが湯気といっしょに立ちこめてくる。ニワトリにも加齢臭があるようだ。お湯はちょっと熱すぎるかな、と思うくらいのほうが、羽は抜きやすい。

哺乳類の解体に悩むことはなくなったが、鳥類はせいぜい一〇羽ほどしか捌いていない。おそらく内臓に疾患がある。膿（うみ）などを肉に付けたくない。消化器官の周辺を開くと、体腔内に卵の黄身のようなものが散っていた。やはり卵管が破けたようだ。硬くなった黄身の残骸をウッドデッキに投げると、ニワトリたちが飛びついてきた。病原菌の疾患ではないので、食べさせても大丈夫だろう。

腸がつまり、膨らんで、硬くなっていた。腸閉塞だろうか。排泄がうまく行っていなかったのだ。これはかなり痛かったはずだ。もっとはやく絞めてやるべきだったかもしれない。

用意や後片付けを含め、解体にかかる時間は二時間ほど。ただ、実務以上に精神的な疲労があり、料理して食べるまでは半日仕事になってしまう。「食べる」が「仕事」というのも変な話だが、実際やや「義務」に近い。

ルクルーゼで野菜といっしょに二時間ほど煮込んだ。いいダシは出たようだが、肉はやはり硬い。ほとんど歯が立たない。そうなるだろうと思って、成城石井で米粉の麺を買ってきていた。スープを塩とヌクマムで味付けして、パクチーをたっぷり載せれば、ベトナムウドンのフォーになる。ベトナムを自転車で縦断旅行したとき、橋のたもとや辻（つじ）、峠などにかならずフォー屋の屋台が出ていて、一日五食くらい食べていた。

翌日もタンポポ鍋雑炊を楽しんで、ようやく完食。骨を叩くと、これも他のニワトリの胃袋に消えた。

三世代目唯一のメスだったジャンボは失踪した。半放し飼いなので、一晩帰ってこないことは、これまでもたまにあったが、数日帰ってこないとなると、事故死と考えざるを得ない。一緒に暮らしていた生き物が消えてしまい、その理由がわからないというのは、気分が落ち着かないものだ。ニワトリにも性格があり、ジャンボは徘徊が好きだった。ジャンボ以外の三世代目はすべてオスだったため、成鶏手前で鍋になった。同世代のいないジャンボが母親たちの群れにうまくなじめず、いつも孤独だったのも、ジャンボの徘徊癖を強めた原因かもしれない。人間関係の事故か、猫などに襲われたのか、ドブに落ちるなどの自爆か、真相は闇の中である。生死に関してはあきらめがついても、原因を知りたいという思いはずっと消えない。

ニワトリは表情がないのでなにを考えているかわからない。「三歩あるいたら忘れる」とニワトリを馬鹿にした表現もある。三歩と言ったらゆっくり歩いても二秒くらいだから、ニワトリの時間の概念は過去と未来を合わせて四秒ということになるのだろうか。想像すると変なものを飲み込んだような気持ちになるが、いくらニワトリとは言っても、実際にそこまで、狭い時空間に暮らしているわけではない。

チラ見した『すごい物理学講義』という本に、アインシュタインの一般相対性理論は「時間は空間に交換可能である」と示していると書いてあった。光速が不変なら、時間は光速で何秒の「距離」と表すことができる。そうなると世の中に時間というのはなくなり、この世には自由に動き回ることができる空間だけがあることになる。

自分の理解が正しいのか自信がないものの、時間は存在しないかもしれないとずっと考えていたので、夕食を食べながら家族の前で、そのにわか知識を一席ぶった。

「だとしたらドラえもんのタイムマシンはやっぱりないいな」と玄次郎が言った。相変わらず冴えている。祥太郎と秋はイメージしにくい科学の話は参加してこず、いつものように黙々とゴハンを食べている。

時計の針の動きから、人は「時間的に進む（未来）」とか「戻る（過去）」をイメージするが、時間がないなら時間旅行は存在しない。空間旅行だけである。時間ごとにパラレルワールドがあるという設定が単なる空想で、今この瞬間（というか空間）しかこの世には存在しないのだ。

過去から未来まで時間の幅（広い空間）をそこそこイメージできるため、人間はニワトリのことを馬鹿にしているが、その時間の概念もニワトリと比べれば長いという程度で、実際にはそんなに遠い将来のことまで見通しているわけではない。

キングはオンドリなので、メンドリ以外の動くものには喧嘩を売って群れを守る習性がある。小雪や秋はあまり喧嘩を売られないので、メンドリだと思われているのかもしれない。

私や玄次郎が近づくと必ず突っかかってくる。

私の母が子どもの頃、母の兄（私の伯父）がオンドリにつっかかられて、傘で軽くかわしたら、運悪く首の付け根に傘が入り、殺してしまったことがあった、と聞いた。あり得そうなので、私もキングを殺さないように突っかかられたときは大きなもので受けるようにしていた。だがあるとき、うしろから飛びかかられて、反射的に蹴飛ばしてしまった。左の羽の付け根につま先が入り、傷んだキングはごろごろと転がりながら逃げていった。キングはそれから二日間まったく鳴かず、私の姿を見ると逃げていった。少なくとも私という人間を認識しており、やっつけられたということを四八時間は覚えていたことになる。

第二世代唯一の生き残りプープは、遊ぼうと思って近づいてきたナッツに驚いて飛んだものの、自重と年齢と日頃の怠惰の影響で、かつてのようには飛べず、地面に激突した。その衝撃は卵になる前の卵子を総排出腔から吹き出すほどだったらしい（小雪観察）。

夜、ヘッドランプで見に行くと、死んではいないが、今にも死にます、という感じだった。

死ぬと肉が臭くなるので、死ぬ前に処理したかったのだが、手間のわりに老鶏の肉はおいしくないのでやる気も起きず、なんとなくそのままにしておいた。

翌朝もまだ生きていて、水だけは飲めるようにしておいたら、少しずつ元気になっていった。

野生だったらうまく動けないときに、肉食小動物に狩られてしまい、治癒という選択肢はない。だからスゴい生命力だと関心するのは早計だが、それでもなかなかしぶといのはまちがいない。

どんどん群れが縮小していくので、起死回生を期待して卵を集め、孵卵器を発動したが、発生を始める卵は一つもなかった。完全な空振り、卵はすべて無精卵だったようだ。現在、卵をもっともたくさん産むヨリメンは、キングに身体を許していないらしい。我が家のロードアイランドレッドはいよいよ絶滅を待つばかりとなった。

「さっさと全部廃鶏にして、次の群れを入れたほうがいいのだろう……」とこれまでも何度か検討したことをまた考え、はたと疑問に思う。いったい「いい」のはなんなのか。

ここでも「いい」のは効率である。

感情の起伏、好奇心の充足、肉体的な快楽、などなど幸福感の源はいろいろあるが、効率もどうやらそのうちの一つのようだ。命は無意識のうちに効率を求めている。できるだけ少ない労力で、多くの成果を得た方が、生き残る確率が高くなり、繁殖して遺伝子を残す可能性も高くなる。そのため高効率の手応えによって脳内に何らかの快楽物質が出るようになっているのではないかと思う。そして人間は効率を求めすぎて、どんどん忙しくなり、繁栄はしたものの、こんどは増えすぎて困っている。

ぼちぼちでやめておくというのはなかなか難しい。効率を求めるマシーンになってしまったら、自分の存在がむなしくなる。ニワトリに対するとき、効率の逆になるのは「情」である。積み重ねてきた時間とそこで育んできた感情もまた、切ない感慨となって脳内に何らかの快楽物質を生み出している気がする。

長年の付き合いということで、ニワトリは効率を求めて殺されることもなく、今日も庭を自由に歩いている。

そもそもネズミ対策だった猫のヤマトは、ときどき小さなネズミを獲る。猫の臭いがするためか、ネズミが屋内を徘徊することはなくなった。ただ屋根裏を走り回っていて、撲滅にはいたっていない。

飼いはじめて一年くらいの若かった時期、ヤマトは数日帰ってこないことがあった。小雪が心配して保健所に電話するほどの長期不在が三回。そのうちの二回、ヤマトを発見して連れて帰ったのは私である。

二、三日帰らないヤマトの姿を、ナツと散歩中に裏山の細道で確認したものの、さらに二、三日たっても帰らないので、ダメ元で最後に見た場所に行き、「ヤマト」と名を呼んだら、「ニャー」と言いながら藪から出てきたことが二回。「帰ろう」と声をかけて、だっこして連れて帰ると、エサをもりもり食べて、眠ってしまった。残りの一回は、ヤマトが出入りしていると思われる複数のお宅の周辺を秋が見て回って見つけてきた。

黒猫は性格がよいという通説以上に、ヤマトは穏やかで、家族のことを引っ掻いたり嚙んだりしたことは一度もない。私が誤って尻尾を踏んだ（我が家の台所の床板は黒っぽいのでヤマトが見えない）ときは、「踏んでますよ」という感じで、そっと私の足の甲に、爪を立てただけだった。

庭ウンコサバイバル

四日ぶりに猟場から帰ると、裏山の梅が満開で、その下にある私の青空トイレは陽光を浴びてメタリックグリーンに輝いていた。前年一一月の暖かい日以来の懐かしい光景である。

さらに近づくと、金緑色の宝石たちは羽音をたてせわしなく周辺の藪に散っていった。トイレの中心にある茶色い小山（ようするにウンコ）には小さな穴が無数にあき、すでにキンバエの子どもたちの食堂兼遊び場になっている。

「こんなに広い庭があるのにウンコをトイレに流すなんてもったいない」と言ったのはヒッピーを自称する友人だ（広いと言っても傾斜地の問題物件で資産価値はゼロ）。その通りだと深く頷いた私は、それからできるだけ庭で排泄をすることにした。

都市文明の維持には下水処理が最重要であることは承知している。だが、自分の排泄物を土の浄化作用を利用して有効活用できたら気分がいい。私一人が野糞（庭糞）した程度では人類が環境に与えているインパクトを軽減できないことはわかっている。

単なる自己満足である。

「俺は今後できるだけ庭でウンコすることにする」

全家族（妻、長男、次男、長女）が夕食に集まったときに宣言した。子どもたちはしばし動きを止めた程度の反応しかしなかった。普段からニワトリが縁側はもちろん、屋内まで侵入して糞をまき散らしているので、庭の決まった場所に父親がウンコするくらいは気にならないらしい。

妻はウンコそのものより、世間体の方が気になるようで、常識とエコ思想との狭間に揺れていた。

はじめは東西の隣家から微妙に見えない場所を庭に探して、穴を掘り、用を足していた。

排泄中の私に「いってきます」と登校する息子たちが声をかけ、私は座ったまま手を振った。たまに長期の登山をともにする子どもたちは、野糞の経験がそこそこあるため、庭の青空トイレも日常の風景として受け入れていた。余談だが、山で野糞をはじめて体験し、森から引きあげてきた子どもの顔は、新しい自分に生まれ変わったような自信に満ちている。野糞とは教育的な効果がある行為なのだ。

と言っても、私以外に青空トイレを使用する家族はいなかった。便意が同時に訪れて（身体リズムが似ているからか家庭内では頻繁に起こる）、トイレ待ちをしている息子った。

に「外でしてこいよ」と言っても、「それはないでしょ」と軽くあしらわれるだけだった。

夏場は直径三〇センチ深さ五〇センチほどの穴を掘れば二カ月は用が足せた。排泄物はハエやフンチュウ類のエサになるので翌日には少し嵩が減り、なかなか穴は満杯にならないのだ。しかもニワトリたちが、庭トイレの周りで穴から這い出てくる虫を待っていたりする。ブタに人糞を食べさせるのは、世界標準の養豚法だが、ハエのウジで旨いタマゴを食べられるなら、これもかなり効率がいい。

問題は、夏場に排便を放置すると多少臭いが出てくることだった。「臭いからやっぱりやめて」と、ある風のない日に妻が言った。

「本当に臭いのはウンコじゃない」と私。

人工的に作った芳香剤の方がよほど臭い。それは私が狩猟をはじめ、獲物に接近することを求めるようになってから、強く意識しはじめたことだ。消臭剤という名の芳香剤を洗剤と一緒に洗濯機に入れている者が一人でも仲間にいると獲物が遠くなる（気がする）。

「庭のウンコをどうこう言う前に、頭が痛くなる芳香剤をまき散らす他の家の洗濯物をどうにかするべきだ」というのが話のすり替えだと充分承知していたが、なんとなく勢いでごまかした。

「どう思う？」と妻は子どもたちを味方につけるべく同意を促した。

「トイレが臭くならなくていいじゃん」と秋が言った。

「たしかに」と長男の祥太郎がつづく。

「お前のクソだって臭いだろ」と私。

「いや、とうちゃんの方が臭い」

「なにぃ？」と言いつつも、子どもの頃、父親の後にトイレに入れなかったことを思い出した。最近、自分の排泄物の臭いが、かつて嗅いだ父親の排泄物の臭いに似ていて悲しくなることがある。

ともかく、子どもたちの意見で形勢が私に傾き、「自分のウンコすらお金を払って自治体に処理させるってのはどうなんだよ（下水道利用料は高額）」と私は妻に詰め寄り「一回、庭でやってみろ」と追い討ちをかけた。妙なところで懐の深い妻は「蚊がいなくなったらやってみる」と言っていたが、その後も私以外の家族が庭で排泄をしているのを見たことはない。

市民権を得たかに見えた庭の青空トイレに、また別の横槍が入った。

私が朝、排便しようと家を出ると、同じタイミングで西側の家から、あからさまな咳払い（せきばらい）や、ドアを開け閉めする派手な音が聞こえるようになったのである。最初は気のせいかと思っていたのだが、どうもタイミングがばっちり過ぎる。風下側のお隣にとっては、妻以上に悪臭が気になるようだ。

私はお隣さんに同情した。庭での排便をやめさせようとするなら、まず「あんたは庭でウンコをしているのか？」と事実関係を確認する必要がある。そのセリフは現代の常識を遥かに逸脱しており、悩んだ末に毎朝、私が庭に出るのを待ち構えて、咳払いをしているとしたら……。

確信のないまま、トイレの場所を庭から裏山に移し、ナツの散歩を兼ねて排便をすることにした。すると今度は、ナツが主人の内臓のニオイの塊（ようするにウンコ）を身体になすりつけるという事件が発生した。

野糞を街の生活に取り入れるのはなかなか難しい。

玄次郎、高校を辞める

「予備校どうよ」と祥太郎に声をかけた。

「あ？　うん。おもしろいよ。まだ始まってないけど」

始まっていないのに、おもしろい？

年度がかわった我が家の新生活は、控えめに言っても、これまでで一番冴えない停滞期になっている。まず祥太郎は大学入試に失敗し、浪人生になった。正確に言うと一校受かったのだが、せっかくだからもう少しいい学校に行きたいと言って蹴ってしまった。

玄次郎は高校を辞めた。

秋は中学二年生になり、陸上部で中長距離班のエースをになう人材と期待され、今年度の我が家では一番輝いている。だが、学業の成績は振るわない。その日の気分でグラウンドを駆けていればそこそこ評価されるのに、わざわざ世界を知的に分析する日本の教育制度に合点がいかないらしい。

振り返れば彼らが生まれてくるとき、私も世の父親と同じく、健康であってくれれば他は何も望みません、と祈ったものだ。ところが無事生まれ、時間が経つと少しずつ欲が出る。自分の子どもらが、聡明で魅力的で運動神経抜群で器量もよければいいなあと思うようになり、実際に三歳くらいの頃は子どもがそのすべての要素を満たしているように見える。子育てとは子どもが三歳までに与えてくれるものを返すこと、という言い回しは正しい。彼らの行く先に可能性の扉は一八〇度開いていて、実際にとんでもない天才かもしれないという期待を遮る影はみじんもない。幼稚園でその他大勢の園児に囲まれる頃から、少しずつ実態があらわになる。つぎつぎと凡人の証拠が増えはじめ、小学校に入り、成績表を持ち帰ってくるようになると、十人並みということを受け入れざるを得なくなる。

そもそも、子どもたちに秀でた人間であって欲しいと思う気持ちの根源はなんだろう。ナンバーワンにはもちろんのこと、オンリーワンにもなれないとしても、それでなにがいけないのだ？

高校を辞めた玄次郎は朝六時に起きて、ジャージに着替え、ジョギングに行く。
「あんなつまらない勉強に割く時間は俺の人生にはない」という攻めの姿勢で玄次郎は高校を辞めた。

そもそもは公立高校に落ちて、滑り止めの私立高校に行かざるを得なくなったあたりから、こうなる道を少しずつ歩んでいたのかもしれない。進学校の滑り止めになっている二流私立高校というのは、まるで予備校だ。生徒は志望校に行けなかったという影を引きずり、学校は学校で進学率を上げることしか頭にない。友情、汗、なみだ、社会への反発、恋愛といった青春ライトノベルな時間は存在せず、三年後の大学入試に向けて、ただひたすらに準備する。

事象や意見の基になっている本質的なことを突き詰めるのが好きな玄次郎は、高校一年生の終盤にやってくる「文理選択」で立ち止まった。文系と理系のどちらに進むか決めるのだが、そもそも文系と理系を分けることに意味があるのか？　私が高校生だったときから存在した定番の悩みだが、理系を選んでおけばどっちにも転べるので理系に進み、三角関数と微分積分あたりでつまずいて文転するというのがパターンである。

「辞めちゃうって選択肢もあるけどね」と言ったのは私だった。苦いながらも青い春な高校生活を送った私のその発言は、青春できる高校への転入を薦めるという意味だった。

だが、玄次郎は転入の為でなく、ただ辞めた。高校が東京方面にあるというのもその決断を加速させる要因だったようだ。朝、満員電車に乗っているオジさんたちは、誰一人幸せそうには見えない。

「家畜でしょ」と玄次郎は言う。

「いや、家畜は幸福感とともに飼育される。そうしないとよい乳やよい肉はとれない」と私は言った。

「そうなのか……」と玄次郎は神妙に頷いた後で、「そこそこの企業に就職して、毎朝満員電車に乗り、経済活動に参加してぶくぶく太るのが理想の人生なら、正直、死んだほうがまし」と言った。言葉にすると強烈な意見だが、高校時代を都市圏で過ごした人なら、多かれ少なかれ同じことを考えていたのではないだろうか。少なくとも私は考えていた。なのに振り落とされないように一生懸命満員電車にしがみついて生きてきた。

玄次郎は最初の駅でさっさと降りて歩き出した。ある意味では逆境のサバイバルである。満員電車はゆっくりと走り出す。抜け出したヤツへ羨望(せんぼう)と蔑み(さげすみ)の視線をチラリと送り、みんなすぐに忘れる。そしてまた次の満員電車がやってくる。

玄次郎が通っていた高校は毎年数人の生徒が辞めていくという。いったいどういう高校だよ？　と思うが、義務教育じゃないんだから正しいことなのかもしれない。文理選択の報告をする面談で担任の先生に「辞める」と告げると、「服部はそう言うんじゃないかと思っていた」と先生は言ったらしい。「新聞で服部玄次郎の名前を見る日を楽しみにしているよ」と。

父親の猟銃を持ち出してセンター街で乱射するのを楽しみにしている、ということではない。君ならいつかひとかどの人間となってマスメディアで紹介される日がくるだろう、という激励だ。だが、社会に評価されるような人間になることを、盲目的に人生の目的としていいのかは、別に検証する必要がある。

大ネズミ唐揚げ弁当

二〇一七〜一八年猟期が終わって三カ月がたった。獲物的には寂しい日々を過ごしている。口にする獲物肉は冷凍庫に残っているヌートリア（大ネズミ）肉くらいである。解凍して餃子にしたり、肉野菜炒めにしたりする。一部は唐揚げになって、翌日、予備校に行く祥太郎と中学校に行く秋の弁当に入る。玄次郎は家で修業中なので、ヌートリア野菜炒めを作り、ラーメンに載せて食べる。

「予備校でヌートリア食べてるのって世界中でオレだけだろうなあ」と祥太郎。既卒受験生は一〇万人ほどいるらしい。そもそもその一〇万人の中にヌートリア肉（略してヌー肉）を食べたことがある若者さえいない気がする。今は猟期ではないので、もし我が子以外に食べている人がいるとしたらそれは解凍肉か、有害駆除個体、もしくは轢死（ロードキル）個体になり、ハードルはさらに高い。祥太郎と秋の弁当が世界唯一のヌー弁だろう。

「オカズを取り替えっこしようとか友だちに言われたらどうするの」と秋に聞いた。

「今はアレルギーとかうるさいから、禁止なんだよ」

「セーフ」と私は手を横に広げた。

　ヌー肉を食べるようになったのは、二年前に轢死体をもらったのがきっかけだった。腹抜きせずにそのまま冷凍されていたため、内臓の臭いがうっすらと全体に染み込んでいたが、内臓から遠いモモ肉は超高級食肉の可能性を感じさせた。

　一緒に食べていた獲物系野遊び雑誌の編集長も同じだったらしく、次の猟期、ヌートリアを獲るための経費を支援すると言い出した。

　ネットに出てくる情報から生息数が多そうな中国地方の某県で狩猟登録をし、暇を見つけては画像検索やＹｏｕＴｕｂｅでヌートリアを検索して、解禁を待った。

　狩猟をはじめて一三年になる。今でこそベテラン面しているが、デビュー当時は、ほぼ二シーズン、まったく獲物が獲れなかった。猟野にいる獲物を見つけるのが遅いというのが、その大きな理由のひとつに感じた。獲物が視界に入っているのに気がつかず、逃げていくのが見えて、あわてて銃を上げるのだが、照準を定めることができないというパターンだった。

　釣りでも、山菜でも、キノコでも、探しているものに目が慣れないと、視界に入っていても認識できない。フィールドで見るケモノは、図鑑のように横向きで全身を晒した姿であることはほとんどない。樹の向こうに足やお尻の一部が見えていたり、その見えている一部が、斜め上からだったり、斜め下からだったりという感じである。そのことを認識したのは、まだ幼稚園にも上がらない秋が『バンビ』のビデオを見ていたからだ。画面の中の鹿は実際の動きに近かった。そうそう鹿ってこうだよねと、子どもが楽しむ横で私は猟の学習をした。

以来『バンビ』は狩猟の教科書となり、インターネットで画像検索して、いろいろな角度から獲物の姿を意識するようにした。その結果、ケモノを見つけるのが早くなり、少しずつ猟果も増えていった。この成功体験から、ヌートリアも暇を見つけてはいろいろな写真を探し、眺めた。

猟期が始まり、ヌートリア猟のため中国地方に向かった。訓練の成果が出たのか、初日からヌートリアを発見し、二日目に二匹獲ることができた。日を追うごとにヌートリアの獲物としての生態と、猟場の雰囲気もつかんでいき、獲れる匹数が増えていった。駆け出しの頃に数年かけてやったことを、獲物を替え、数日間に凝縮して繰り返しているような感じで、懐かしさと、狩猟者として成長した手応えを同時に感じる幸福な時間だった。

鹿は感情を、顔にはもちろん、仕草や動きにも表さない動物である。特に痛みを表面に出すことはない。弱っていることを捕食者に知られると狙われるため、ポーカーフェイスに進化したと言われている。実際に銃弾で傷付いても、痛そうなそぶりを見せない。歩行に必要な器官を破壊しなければ、弾が入ったかどうかわからないほどである。

ところが、ヌートリアはそうではない。弾が当たったところを手で押さえたり、ギーッと鳴いたり、まるで時代劇の斬られ役のように大きく伸び上がり、くるりと回って倒れたりする。

このヌートリアの動きは狩る側の感情を刺激する。獲物を得る興奮と命を奪う痛みである。不謹慎を承知の上で書くと、ヌートリアは獲物としてオモシロイ。

しかも、轢死体を食べたときの予感どおり、その肉は素直な味でうまかった。素直すぎて旨みが足りないと思うほどである。獲物仲間でもあり、現代文明懐疑仲間でもある探検家の関野吉晴（せきのよしはる）さんにヌー猟とヌー料理の話をしたら「原始的な生活をしている先住民にとってごちそうといえば、総じて大型齧歯類（げっしるい）（もしくはサル）だよ」と教えてくれた。モンゴルのタルバガンから南米のカピバラまで、大ネズミはうまいのである。

だが小雪はケモノ臭いと言った。それを聞いた玄次郎が「先入観だ」と指摘する。

「トリ肉だよって出されたら、かあちゃんは気がつかないでしょ」

もっと大ネズミが欲しくて、梅雨にエアライフルを一丁購入してしまった。クラシックなスプリング式の中古銃である。猟関係の買い物をすると、技量ではなく、経済力で猟果を増やそうとしている自分が嫌になる。同時に心の底では猟期が待ち遠しい。獲物を運搬する助手(息子)を連れて行くつもりである。

近年は鹿だけでシーズンに二〇頭前後仕留める。運搬と保管の問題さえクリアすれば、家族五人の肉の自給率は軽く一〇〇%を超える。だが猟期が始まって、冷蔵庫と冷凍庫が野生肉でいっぱいになっても、私が獲ったものではない豚肉と鶏肉が冷蔵庫に入っている。

生協の宅配のお決まりコースに肉が含まれているからである。

せっかく野生肉を獲っているのに、家畜肉が冷蔵庫に入っているのを見ると、狩猟行為を否定されている、というか、私が肉に関して抱いている思想が理解されていない気がして、「もう、なんだよぅ」と泣きたくなる。

肉の購入に関しては、これまでも小雪と議論してきた。

「鹿肉は温度が下がると脂が固くなるから弁当に向かない」と小雪は言う。

牛肉だって、弁当に入れれば脂が固まる、と私は言わず、イノシシをたくさん獲ってこない自分がみじめになり、さらに泣きたくなる。

ところがヌートリアを獲るようになり、小雪の「弁当に家畜肉が必要論」が揺らいだ。ヌートリア肉は鶏肉に近いからだ。ちょっと水草臭いが唐揚げなどにしたら気にならない。大阪出張のついでに中国地方に出向くと、まとまった数を確保することもできる。

何度目かの交渉の末、猟期は生協の定番コースから肉を外すということに決定した。

本心を言うなら、私も豚肉を食べたい。臭みがなく、すっきりと自己主張がないのに旨味があって、すぐ料理できるように処理されていて便利このうえない。

野生獣の一部は駆除という名目で、税金をつかって撃ち殺し、廃棄処分にする。他方では家畜家禽を（配合飼料で）育て、それを多くの人が購入して食べる。

いろいろなことがなんかちょっとおかしいということに気がついている人は多い。最近は狩猟がブーム？　でもあるようだ。だが、社会全体を見渡せば、野生だろうが家畜だろうが、動物の命が人間の社会システムや経済効率以上に尊重されることはない。人間社会の効率という実態のよく分からないものの前では、命は（人間のものも含めて）軽微なものらしい。

野生の生き物は自分の食べ物をすべて自分で調達してくる。一方、与えられるのが家畜だ。食べ物を購入する我々都市文明人はいったいどちら側なのだろうか。

爺婆四天王のお楽しみ

二〇一八年の猛暑を生き残ったということで、我が家（文祥、小雪、祥太郎、玄次郎、秋）と私の両親と小雪の両親（爺婆四天王）が集まって、お食事会があった。年に二回ほど、孫に会いたい四天王が何らかの口実を作って、この手の食事会が開催される。子どもたち三人は、いまのところ人間社会の常識を大きく逸脱することなく、健やかに育っている。息子（私）がそれなりに生き、その上で孫（祥、玄、秋）までぼちぼち育てていれば、まあ、親孝行をしているといっていいだろう。というわけで、私はそれ以外の親孝行をしたことがない。

外食するならその三分の一の出費で、ちょっといい食材を買って、せっせと料理すれば、ほぼ同じ内容のものが、倍の量食べられる。自力でうまく作れないのはインド料理くらいである（他にも作れない料理はたくさんあるが、それらは特に食べたくない）。私以外のメンバーはインドカレーを食べたいとも、小銭をセーブするために九人分の料理を作りたいとも思っていないので、食事会は微妙な妥協の結果、いつも寿司屋になる。にぎり寿司の微妙な食感は職人技だ。だがそれに近いものはオニギリでも体感できる。寿司屋に行ってメニューを見ると、この値段で刺身を買ってきて、白飯を炊いて……いつの間にか計算している。

寿司が運ばれてきたが、中学二年生から大学浪人中の若者三人は、黙々と食べてしまった。年寄りは孫を見ているだけで満足そうだが、なんとなく座が持たない感じがして、私は子どもたちに「現状報告でもすれば？」と水を向けた。

末は博士か大臣か。いったい自分は、子どもたちにどうなって欲しいのか。そして、本人たちはどうなりたいと思っているのか。あからさまに口にはしないものの、四天王にもそれぞれの理想はあるようだ。

私の母親はバリバリの教育ママで、たいして頭の回転が良くない兄と私をゴリゴリしごいて、県内でもっとも古い進学高校に無理矢理ぶち込むことに成功した。ある意味では受験戦争の名将である。

凡人でも鍛えれば進学校に入れる、ということを自分の子どもで示したのに、その子ども（私）が、それを同じように実行しないのが不満そうだ。

高校受験で燃え尽きた私は、高校で落ちこぼれて一浪し、大学入試は二年間で一四校受け、公立大学一校しか受からなかった。公立の合格発表前に、滑り止めで受けた私立大学にことごとく落ちていたので、二浪の覚悟は固まっており、張り出された合格者一覧に自分の番号を見つけたときは「採点ミスだな」とピンときた（あえて大学側に確認はしなかった）。

大学では山登りと身体トレーニングと飲み会と睡眠以外、何もしなかった。大げさではない。今はその山登りを生かして、楽しく生活させてもらっている。

過ぎ去った人生を俯瞰すると、進学校に入ったことは結果的に人生にとってプラスに働いたが、それはきわどいバランスでなんとかという感じで、私は幸運なサンプルだと思う。

一〇代のひととき、無理矢理勉強させて手に入れるぽちぽちの学歴が人生にどの程度よい影響を与えるのか。私は確信を持てず、教育パパにはなりきれなかった。一方で、子どもの前で自分の大学より偏差値の低い大学をネチネチと小馬鹿にして、私の脳みそを芯まで汚染した学歴劣等感の恐ろしさを思い知らせることだけは怠らなかった。

「オレは凡人のまま、そこそこ高学歴、そこそこ高身長で、そこそこ生きていくから」と祥太郎は言いつつも、どこかで自分が凡人ではないと信じている。その凡人の祥太郎は「K塾で勉強していまーす。横浜国立大学が第一志望でーす」とかるーく他人事のように報告した。

「思うように偏差値は伸びていませーん」と横から突っ込んでおく。そこそこで受かるほど国立大学は甘くない。

　高校を辞め、マイペースでイラストの修業をしている玄次郎は「そのうち納得いく作品が作れそうな予感はあります」と静かに言った。幼い頃、喘息で死線をさまよった玄次郎は、昔から生きていたらめっけものの強気人生だった。配牌で対子が三つあればとりあえず四暗刻を狙いにいき、トイトイであがるよりツモリ四暗刻テンパイのままハイテイまで粘るというタイプだ（祥太郎はメンタンピン、私はリーヅモウラドラ、秋は役の概念をつかんでいない）。

「そのうちっていつ？」と私の父が聞くので「三〇年以内には」と玄次郎は答えた。本人にそのつもりはなかったのだろうが、三〇年と聞いた四天王は自分のいない未来をありありと想像して、一抹どころか八抹くらいの寂しさを感じていたはずだ。

　中二の秋は「陸上部で中長距離をやっています」と言った。「何秒だよ」と私が聞くと「一五〇〇が五分一六秒」と返ってきた。娘がそこまでタイムを伸ばしていることを知らなかったのでちょっと驚いた。「五分一桁が当面の目標」と続いた。

　みんなそれぞれの道を歩いている。子どもたちには幸福になって欲しいが、その幸福とは何かがわからない。おそらく幸福にはこれといった形はなく、小さな悩みを抱えながら幸福を目指して生きることが幸福なのかもしれない。

　まだ子どもたちに未来の可能性がたっぷり残っているうちに、親がこの世から退場してくれれば、これ以上失望させることもないのだが……。
ついでに、小雪と私も現状を報告したのだが、四天王はまったく聞いていなかった。

ハットリ家の年末年始

二〇一八年の一二月下旬に玄次郎がインフルエンザにかかった。四〇度の熱が出て、タクシーで休日診察を受けに行く騒ぎになった。家で絵を描いているだけの玄次郎が、どうすればインフルエンザになるのだろうか。

「コンビニで感染したかなあ」と本人は言っている。

祥太郎は大学受験、秋と私はそれぞれ別のチームで地域の駅伝を控えており、このタイミングで罹患(りかん)して、身体的なダメージを受けたくなかった。

そのため玄次郎はインフルエンザウイルスそのもののように扱われ、当人が触ったところはすべて消毒して、家族の前に出てくることも、風呂に入ることも許されなかった。

効果があったのか、そのまま我が家のインフルエンザは終息し、年末となった。

ここ一〇年ほど、年末年始の過ごし方は決まっている。まず私はクリスマス前後に出猟して、年越しの肉を調達する。三〇、三一日は家族全員ができる範囲で大掃除。

薪が乏しいと正月が寂しいので、薪割りと薪運びもおこなう(これはこの冬から玄次郎の担当になった)。

そして大晦日に家族全員が集まってその年の(個人的)三大ニュースと来年の抱負を発表する。この行事はなかなか面白い(家族と大晦日を過ごすという人にはおすすめです)。

まず三大ニュース発表の前に、一年間の主な出来事をみんなで一月から思い出して、書き出して行く。

祥太郎は受験失敗浪人決定、玄次郎は高校中退、秋は中学二年生というやや中途半端な学年。子どもたちにとっては二〇一八年は彩りの乏しい年だった。私は、一月に駅伝の優勝カップを四年ぶりに奪い返し、四〇歳以上区間の区間賞も納得のタイム(三キロ九分五九秒)で獲得、駅伝の数日後に一〇〇キロ級のイノシシを仕留め、ヌートリア狩りの楽しさを発見し、猟期の最後に北海道に遊びに行って、春は北アルプスでクマを拾い、はじめての小説が三島由紀夫賞の候補になり(もらえず)、夏は長いサバイバル登山を成功させ、「SWITCH」インタビューで俳優の井浦新(いうらあらた)君と我が家のウッドデッキで対談し、「推しボン!」で東出昌大(ひがしでまさひろ)君と知り合って年末に一緒に出猟し、読売新聞の読書委員も任期満了、日経新聞の連載などを頼まれる……とニュースの多い年だった。

出来事が出そろったら、それぞれが自分のニュース発表である。祥太郎の一位は大手予備校K塾の生活。

「チョーク芸人（化学の先生）に出会えたのが一番のニュースだな」と語った。振り返ると私も、大学の授業よりS台予備校の授業の方が面白かった。予備校はある意味エンターテインメント、大学は研究者が研究の合間にしかたなく授業をするので、どっちが面白いかは明白だ。祥太郎の三位「日々、自分が凡人であるという自覚が強くなっていること」というのが面白い。

玄次郎の一位はもちろん、高校を辞めて自分のやりたいことを人生の中心にできたこと。

「自分の人生は自分で決めたいと思っていたのに、気がついたらみんなと同じ用意された道を進んでいて、生まれてからの一五年を無駄にしていたことに国語の授業中に突然、気がつけたこと」が最大の事件だという。

現在、打ち込んでいることがのちのち社会的に評価されるような結果に繋がろうと繋がらなかろうとどうでもいい、という開き直りもすごい。世の中は結果や成功を求めるが、なぜ成功しなければならないのかをうまく説明できる人は少ない。おそらく「気持ちがいいから」もしくは「面白いから」が最大の理由だろう。次が経済的に楽だからだ。どちらも重要だが、それだけといえばそれだけだ。

「関東大会のメンバーとして熊谷に遠征したこと」というのは秋。娘が所属する中学陸上部は、横浜市と神奈川県を上位で勝ち抜いて、関東大会に出場した。「関東大会出場」が最大のニュースと言い切らないのは、本人が補欠メンバーだったための、ご愛嬌である。練習が厳しいこともあり、秋は運動性貧血の症状が続いていてタイムが伸び悩んでいる。私も中学生の頃、すぐ風邪を引いたり、だるかったりした。娘を見ていると私も当時は貧血気味だったのではないかと思う。三位にテレビドラマ「今日から俺は!!」（と出会う）が入っていた。秋は近い将来ツッパリになるのが夢らしい。

小雪は二〇一八年の途中から取り組んでいるイラストエッセイ本の制作をとおして、文字表現、イラスト表現の奥深さにあらためて向き合えたことを、第一のニュースとした。二位が記録的な猛暑をトタン屋根の我が家（クーラーなし）で乗り切ったこと。

私はいろいろ考えて、イノシシとクマを獲物として得たことを一位にした。どちらも急激かつ大きな感情の高ぶりで、今でも一連の流れが動画になって脳裏に焼き付いている。

三大ニュースが出そろったら、来年の抱負をそれぞれ述べる。それはあまり言いふらすことではないので秘密。

長男、家を出る

春になり、祥太郎と秋は二〇一九年度の新しい生活が始まる。玄次郎は変わらない修業の日々。浪人生だった祥太郎は、本命の国公立大学には振られてしまい、私立大学に行くことになった。

祥太郎の名前は空条承太郎に由来する。若い頃、スタンドを出せないかと何度かいきんでみたもののまったく出てこないので、息子にはぜひスタープラチナを出してもらいたい……と思ったのだが、小雪がそのままではあんまりだということで「承」を「祥」にして落ち着いた。

世の中にはいろいろな趣味嗜好、愛憎不運悲喜こもごもがあることは承知している。私は繁殖にまつわる一連の行為や行動に幸福感を見いだす平凡な人間のひとりである。リチャード・ドーキンス『利己的な遺伝子』の見本みたいな人間だ。遺伝子の複製という面では子どもが三人いる現状に、満足するのがつつしみというものだろう。だが自己複製は次世代が生まれただけでは、実のところ充分ではない。次世代、次々世代とつながっていかないと遺伝子は残らないからだ。

つながっていくためには、次世代が繁殖できる程度に健康で、魅力的な存在であってもらわなければならない。

だがこれは非常に複雑な問題である。

ひとつに、先祖が子孫の生き方や性的嗜好にどこまで干渉できるのかという問題がある。親子の世界観がおおよそ一致していればよいが、そうでない場合、生き方を押し付けた先には不幸しか生まれない。我が子といえども、一個の存在として正しく敬意を払うなら、人生の重要判断は当人に委ねるべきである。私だって、親や先祖に生き方など決められたらたまらない。

ふたつめに、魅力的になってもらいたいと思っておこなう干渉が、逆に当人から魅力を奪うという皮肉な現実がある。スポイルというやつだ。

干渉にならない程度に、親がよいと評価していることをうまく勧めるくらいしかないが、性向を変えることはできないので、最終的には、それぞれが自分の信じる道を生きてもらうしかないようだ。

だから私は「こうしなくてはならない」と子どもたちに言ったことがない。義務とした挨拶、歯磨き、線対称座り、玄次郎のスイミングに関しては、共同生活の義務であり「嫌ならどこかで寮生活」という選択肢も提示した。たかだか三、四〇年の人生経験（子育て当時）で、あれはいいこれはダメという判断を子どもに押し付ける自信が私にはなかった（いまもない）。義務教育についても「日本人として生きていくための義務であって、それを望まないなら学校には行かなくてもいい」と小学校入学前に説明した。「俺の生きてきた感じからして、学校には行ったほうがいいと思うけどね」と付け加えて。

ただ一つ白状すると、玄次郎には私が通ったのと同程度の進学校に入れと、やや強く言った。玄次郎は小学校の頃から普通にテストは満点をとってきたし、頭の回転が速く、一つのことを長く考え続ける思考持久力があった。情報処理能力を活かして生きていくのを勧めたのだ。祥太郎はポカが多く、しかもそれを気にしていなかった。秋も祥太郎に似ている。

こういうことを発表すると「あなたは自分の子どもを比較して評価するのか」とおしかりを受ける。もしこの文章を子どもたちが読んだら（たぶん読む）、不要な洗脳をすることになるかもしれない。ただ、祥太郎は運動神経がよくストーリーテラーの才能があり社交的、秋もスポーツが得意で、キャラを生み出す天分がある。それでいいではないか。スポーツでは才能と練習がその人の能力であるのは当たり前なのに、勉学の世界だけ才能ではなく努力だというのは幻想だ。

そして体育会系の祥太郎が二年前、「この家で人間として認められるためには、結局、高い偏差値が必要なんだ」とつぶやいて、受験戦争に参戦した。あげくMARCHのひとつになんとか引っかかった。

一方、勉学担当だったはずの玄次郎はとりあえず文部科学省主催の競争を蹴飛ばした。

秋は……トラックをぐるぐる走っている。

全員、ついこの間、オギャーと生まれたような気がするのだが、時間とは不思議なものである。いや時間は存在しないんだったな。

子どもが大学に入ったら家を出て一人暮らしをしてもらうと決めていた。

小雪は「ちょっと落ち着いた夏休み頃に引っ越してもいいいんじゃない」と、いつもの「とりあえず先延ばし」発言をしている。自分のお腹から出したのに、今度は家から出すのかと思うと寂しいのだろう。私も寂しい。だがここが、ギャンブルでいうところの張り時だ。

私がそうだったからである。私がそうだったのは私の父親がそうだったからだ。父方の祖父母は厳格だったらしく、父は、大学入学で家を出て一人暮らしを始めてようやく人生が始まった気がしたという。だから父は「大学は大枚はたいて四年間自由を満喫する場でいい」という、かなり現代的な開き直った考えを持っていた。私は父の希望どおり、学費の他に月一〇万円の仕送りをもらって、勉学に類することはほとんどなにもしなかった。

そう、金である。張るには金がいる。入学金二〇万円、学費が半年七〇万円、一〇万円の仕送りをしたら年間一二〇万円。わお、四年で一〇〇〇万円を超えている。だが少なくとも、自分がしてもらったことは、しなくては筋が通らない。私も小雪も書類関係は苦手なので一〇〇万円渡して（そのくらいの資金はある）、いろいろな事務手続きは本人に任せた。祥太郎は粛々と事務手続きを済ませ、近所の同級生（B日程の発表待ち）を呼んで、麻雀（マージャン）に励んでいた。残り二人のメンツは玄次郎と私である。

思い返せば、母校になんとか合格したのが、ちょうど三〇年前の一九八九年である。私の自宅は横浜の郊外にあり、大学は当時、東横線の都立大学駅にあった。通学圏内だったが、自宅が公団団地だったこともあり、大学に入学したら家を出るというのは我が家の約束事だった。

当然、住む家が最初の問題になった。

「それを自分で探すのも社会人への第一歩」というのが、大げさにいうと私の両親の教育方針だった。

母親は、自分でアパートを探せと言う一方で「気を抜くと、騙（だま）されて、身ぐるみ剝（は）がされるわよ」と私を脅した。「宅建免許番号の括弧（かっこ）の中の数字が1だったら、半分ヤクザだと思いなさい」

一九八九年三月中旬、渋谷にあった大学生協会館で新入生のためのアパート斡旋会が開催された。大学生協なら安心だろうと、私は二万五〇〇〇分の一地形図「東京南西部」を持って渋谷に向かった。地形図には大学を中心に半径八センチ（二キロ）と一二センチ（三キロ）の円を色鉛筆で引いてあった。徒歩で学校に通える範囲に住みたかったうえに、アパートを斡旋する不動産業者がその地形図を見たら「やる気だね」と感心してくれ、話がスムーズに進むのではないかと期待したのだ。

だが、会場は日本中から集まった東京の大学に進学する新入生でごった返していた。なんとか順番が来て、候補アパートが見つかり、大学からどのくらいの距離なのか地形図で確認しようとする私に不動産業者のオジさんは「地図なんか見てもしょうがないんだよ」と声を荒らげた。温厚そうなオジさんだったが、その日の生協会館は若者の些細な自意識を許容できないほど、めちゃくちゃだった（と思いたい）。

それでなくても大学生協のアパート斡旋はかなりの放任主義で、何件かの物件情報のコピーを手に生協会館を出たら、公衆電話から大家さんに「生協の紹介で……」と自分で電話して、一人で物件を見に行かなくてはならなかった。数日前まで受験生だった私には、その飛び込み営業的な物件内覧は精神的な消耗が激しかった。

三件目のアパートは洗足にあり、電話をかけたら、穏やかなおじいさんが出た。

「こ、これから見に行ってよろしいでしょうか」

「はいはーい、お待ちしてまーす」

快活な返答を聞いて、このアパートは上位候補だなと電話を切った。

現地に着くと、目的地と思われるアパートはゴミにグルリと囲まれていて、どこにも入口がなかった。嫌な予感がしたが、電話の「お待ちしてまーす」というおじいさんの声が耳に残っていて、帰ることもできず、アパートの周りをぐるぐるまわった。

そのとき、はす向かいの一軒家のドアが開き、手に荷物を持ったおばさんが出てきた。

「周囲の噂が不動産のもっとも正確な情報よ」と母親に言われていたこともあり、私はおどおどとそのおばさんに声をかけた。

「下宿先を探しているの？　私がこんなこと言うのもなんだけど……」

大家のおじいさんはちょっと病んでいて、言っていることがコロコロ変わり、新しい住人が入っても、必ずケンカになって出て行くのだという。

「電話口では良さそうなおじいさんだったんです」

「だからちょっとおかしいのよ」とゴミ屋敷を顎で指した。

浪人生生活から、突如、ハードボイルドな現実社会に向き合わされ、バケツで水をかけられたような顔をしていたのだろう。

「アパート探し頑張ってね」とおばさんは去っていった。

その言葉を最後に、私はその日の家探しを終了し、その場から半泣きで駆け出した。

「どうだった？」と母に聞かれた。

「あ、うん。まあまあ」としか答えられなかった。

いま思えばちょっと特殊な出来事が連続した不運な一日だったとわかるのだが、そのときの私は、自分が世界認識についてなにか重大な勘違いをしているのかもしれないと揺らいでいた。世の中というのはギスギスした不動産業者とゴミ屋敷と心を病んだ大家サンでできているのに、私だけがそのことに気がつかずに大学生になろうとしているのかもしれない。

「子どもにはアパート探しで苦労させよ」という私の両親の教育方針はある意味で完全に成功したといえる。

祥太郎にもぜひそんな苦労をしてほしかった。だが、長男はスマホで物件情報を見て、良さそうなアパートの内覧予約をメールのやり取りで組み立て、家賃三万九〇〇〇円の風呂付きアパートを一日で決めてきた。

「ゴミ屋敷と心を病んだ大家サンは？」と私は聞いた。

「え？　不動産屋さんの免許の括弧の中は９で、すごくいい人だったよ」と祥太郎はつるんとした顔で答えた。

引っ越しの主役

一九八九年三月、なんとかアパートを決めた私は、大学生協のカタログ販売で生活用具のほとんどを注文した。というかどんどん母親が決めた。過干渉というのではなく、バブル崩壊の前で景気がよく、息子の新生活に介入することを母親最後の仕事として楽しんでいたのだと思う。

プラケースに入れた衣類と、布団、ほかの細々したものの引っ越しは「赤帽」に頼んだ。赤帽トラックの助手席に座って、世田谷に借りたアパートに行ければ、「北の国から」に似た切ない気分にひたれたのかもしれないが「赤帽」に客は乗れない。

独立の感慨に耽る間もなく、バスと電車で荷物を追いかけると、赤帽のトラックはアパートの前にすでに停まっていた。運転手のオジさんに声をかけようとして運転席を覗き込み、オジさんの手にあるものを見て、息をのんだ。

頭蓋骨！

ではなく、総入れ歯を熱心に掃除していた。

フリーズしている私に気がついたオジさんは、曖昧な笑みを浮かべながら、もごもご入れ歯を口に戻し、荷物を運ぶのを手伝ってくれた。歯垢が付きそうな気がしたが、断ることはできなかった。

炊飯器もガスコンロも届いていなかったので、商店街に行って、焼き鳥と食パンを買った。新しい畳のニオイとがらんとした部屋に、なんとなく入れ歯の気配が漂って、私の新生活は始まった。

三〇年後、私は祥太郎に生活用具をリサイクルショップで揃えろとお金を渡し、「冷蔵庫や洗濯機、炊飯器が独り暮らしに本当にいるのかちゃんと考えな」と付け加えた。

「炊飯器はいるでしょ?」と妻。

「飯炊き用土鍋がいいんじゃない?」

「タイマーと保温が必要でしょ?」

土鍋でも前夜から水に浸けておけば三〇分で炊け、旨い。本当に電気炊飯器が効率的と言えるのか。スーパーマーケットを大きな冷蔵庫と考えれば、冷蔵庫もいらない。

「自分はどうだったのよ」

「自分が一人暮らしして、いらないんじゃないかと思うから言ってんだよ」

「あなたがそうしたいだけでしょ?」

その通り。だがどこかで聞いた常識ではなく、数年間の一人暮らし経験から、自分のやってみたいことをちょっと息子に勧めるのは……ダメなのかなあ、やっぱり。

祥太郎は、私の自己満足的アドバイスをいつものように聞き流し、リサイクルショップで冷蔵庫と洗濯機と電子レンジと炊飯器を買ってきた。

祥太郎が行く大学を決めて、入学金などなどの話を持ちかけてきたとき、「入学金とか授業料とか面倒なので、自分でやれ」と一〇〇万円渡した。そのあとさらに二〇〇万円追加した。私は金持ちではない。どちらかというと貧しい部類だと思う。だが、月々の仕送りをするより、まとめて渡して自分の大学生活の値段を知ったほうがいいと思った。

日本橋の近くに行ったついでに「木屋(きや)」で小型の包丁を買った。私が家を出た三〇年前、母親が「刃物は縁が切れると言って、身内以外には贈らないものなのよ」と言いながら木屋の包丁をくれた。身内なら切れてもいいのかよくわからないが、私も息子に包丁を贈る。

他の炊事用具は必要なものを家からなんでも持っていっていいと祥太郎に言った。私は金物が捨てられていくのを見過ごせない質(たち)なので、家には鍋やヤカンがたくさんある。まな板も数枚ある。ただ本格北京鍋は近所の金物屋に買いに行った。一歩踏み込めないガールフレンドに野菜炒めを作って食べさせたら口説き落としたも同然、が昔からの信条なので男の一人暮らしには中華鍋が必要なのだ。

気のいい金物屋のオジさんは「業務用だけどいいの？」としきりに心配していた。私が買う三つめの北京鍋である。

三〇年前、引っ越しの挨拶でアパート内に配るため母親が用意したのはタオルだった。社会人になったときの転居では引っ越しソバのかわりにカップラーメンを配ってみた。今回、迷惑ではなくかつ気兼ねなく手にできる挨拶の品はなにかと考えて「じゃがりこ！」とひらめいた。細長くてソバにも似ている。我ながら名案だと思ったのだが、祥太郎にはここでも完全に無視された。

祥太郎の引っ越しは赤帽ではなく、六時間一〇〇〇円のレンタカー。軽バンに中古の冷蔵庫と洗濯機とタンスと布団をなんとか詰め込んで出発した。

隣で祥太郎がスマホの画面を見ながらナビをして、武蔵野の路地の奥にあるアパートに着いた。祥太郎が赤ちゃんの頃から遊んでいる大学の同級生、ケンちゃん（引っ越し屋のバイト経験アリ）が待っていて、大型電化を部屋に入れるのを手伝ってくれた。古い鉄筋のアパートは板間の床がやけに冷たく、後日、クマの敷き皮をプレゼントすることを約束して私は家に帰った。

どうやら息子の引っ越しとは親が主役のものなのかもしれない。

エアコンディショナー戦記

「む、蒸しパンになる……」

二〇一八年夏のもっとも暑かった日に秋が言った。トタン屋根にクーラーがなかった我が家は、一八年の酷暑は、まさに蒸籠（せいろ）の中だった。

そんな我が家に、一九年の夏、クーラーが設置されることになった。

横浜のトタン屋根でクーラーを付けていないのは、もはや我が家の売りであり、生き様であり、世界に対する主張だったのに残念である。

数年ほど前までは、原発是非への意見表明や地球温暖化対策のため、クーラーを使用しないのはささやかな美徳だった。ここ数年は「災害級」という形容詞を持ち出すことで、クーラーを使うことのほうが美徳に押し上げられている。

私なりに猛暑対策は考えて、三年前にはトタン屋根の上に大きなヨシズを敷いた。それだけで室内の温度が、三度は下がったと思う。それでも一八年のマッドサマーは格別で、室温が体温より高くなる日がかなりあったらしい。「らしい」と伝聞なのは、昼間、私は電気クーラーのある会社にいるか（本意ではない）、天然クーラーの山にいるので、我が家における一三時半の熱波をほとんど体験したことがないからである。家族は日頃、二階に寝ているが、ここ数年の本格的に暑い夜は、布団を持って一階に降り、風が抜ける場所を探してうろうろした。ナツ（犬）がいるところがたいてい涼しい。ヤマト（猫）はクーラーのある近所の家に避難中である。

「暑いけど、そこまで暑くはないだろ」

暑い夜でも、私は扇風機を回していれば二階で眠ることができる。

「夜はまだましなのよ」と小雪（夏バテ中）。

私がたまに家にいる昼間もなぜか「今日はまだまし」な日ばかりである。

私の方が耐熱性能が高く、同じ空間にいると説得力がないためか、二〇一八年に、小雪が家にクーラーを設置したいと訴えてきたのは、私が大阪に出張中のときだった。

一八年の七月二二日に「エアコン」というタイトルの短いメールが来た。

〈身体のこと考えて、ちょっと限界か。ピアノの部屋につけようか。できればつけたくないから悩んでいます〉

「Reエアコン」〈いや、付けない。水風呂に入ってください。うまくどこかに逃げられないかな？　地下室は？　服部文祥〉

「Reエアコン」〈わかりました〉

二〇年前の借家では、「暑かったらクーラーを（自費で）付けてもいい」と大家さんに言われて、小雪は私が山に行っている間にクーラーを設置した。山から帰ってきたら、家に醜い電化製品が付いていたので私は言葉を失った。そのまま山に戻ろうかと思ったほどである。

「赤ちゃん（祥太郎）がかわいそう。私のお金だからいいでしょ」と小雪は言った。祥太郎をダシにしていることに小雪も心の奥で気づいている、と信じたかった。

私はクーラーが稼働しているときはその部屋に入らなかった。いくら考えてもクーラーは私の美学と交わる部分がない。クーラーは「不自然で汚い」のだ。

気化熱を利用して、閉鎖された空間の熱を外に放出するのがクーラーの原理である（たぶん）。室内を冷やせば冷やすほど、理論的には戸外の気温は高くなる。クーラーを所有していて、電気を使えるほど裕福な人だけが、涼しい思いをして、そのぶん地球全体は暑くなる。人間に限らず命はすべて身勝手であるが、人間の身勝手さは直接的な自分の能力ではなく、文明と経済システムの恩恵というところが美しくない。

一九年のクーラー騒動は、小雪の友人が引っ越すのが発端だった。新居にはクーラーが設置されているので、現在住んでいる家のクーラーは行く場所がない、よかったらもらって欲しい、と頼まれたという。

屋根のヨシズを今年はヒノキ板にして、さらなる断熱改良をするつもりだった。ただ、私のクーラー嫌いを承知の上で、小雪がクーラー導入を再び切り出したものと想像すると、頭ごなしに反対することもできなかった。

「どこに付けンだよ」

「一階のピアノの部屋」

我が家の閉鎖空間はそこしかない。

「クーラーなんか、いらないよ」と秋が言った。

「おまえは家にいないだろ」と玄次郎が切り返す。だが、秋が家にいないときはグラウンドで走っているのでもっと暑い。

「ウチに合わないよ」と陸上娘。

「欲しいヤツが自分たちで付けな」と私は言った。嫌いな装置を自分の棲家に設置する屈辱に、私は耐えられない。

だが、取り外し、運搬、設置すべて込みの代金が一万円で、すでに払ってあるという。

その業者が下見にきて、我が家の壁にクーラーの通気パイプ口がないのをみて、作業代は三万円だと言ってきた。

「新手のサギだろ。自分で設置できないものを家に入れるな、気持ち悪い」と私は小雪に言い、小雪は設置は自分ですると業者に伝え、業者は玄関先にクーラーと室外機を置いて去っていった。

クーラーは玄次郎が工事することになり、インターネットでいろいろ調べていた。

「室外機は道路から見えないところに置いてよ」と秋が横から言う。

「秋はなんでクーラーがイヤなんだ？」と聞いてみた。

うーんと少し考えて、「かっこうわるいじゃん」とつぶやいた。

その通り！　地球環境があって命がある。環境を受け入れて何とかうまくやっていくのがそもそもの命の在り方なのだ。なのにカプセルのように空調の利いた部屋に閉じこもり、自分の命を局地的に優先させ、大局的には猛暑を加速させて人畜以外の全生命に迷惑をかけている。人畜以外の生き物という視点からクーラーの利いた部屋に閉じこもる人間を見たら、その姿は何様的に見苦しい。

もちろん秋以外の家族もそれはわかっている。わかったうえで、地球環境のためにいまこのとき、健康を害するほどの我慢をする必要があるのかを考えた先の判断なのだ。

玄次郎はクーラーの設置を終えたが、スイッチを入れても冷風は出てこなかった。冷媒ガスが漏れてしまったらしい。一九年の夏は近年では涼しいほうだったため、冷媒ガスの補充を調べているうちに、夏の山場は越え、クーラーはそのままになった。

秋キャプテンの全中駅伝

天気の巡り合わせで街にいたので、秋がキャプテンをしているO綱中学校陸上部の激励会に顔を出してみることにした。

私が所属するF尾連合町会駅伝チームの主戦場「港北駅伝」は、小学生、高校生、大人でチームが構成される。駅伝で長距離走を体験した小学生が中学校で陸上部に入部するというパターンは多い（秋もそうだ）。だから部員たちには知った顔もいる。

「調子どうだよ」とかつてのチームメイトに声をかけた。

「まあまあです」と伏し目がちに答える中学生。小学生のときはタメ口でじゃれついて来たのに、大人の世界に半分入った中学生は、私とどう接していいのかわからない。

「俺より速く走るなよ」と言っておく。すこし前までペース走で引っ張っていた小学生が、中学三年生になると私の前を走るようになる（追いつかない）。

駅伝チームのおっさんたちは、口には出さないが、駅伝チームがO綱中の陸上部を支えていると自負している。ここ数年、陸上部のエースは皆、駅伝チーム出身だ。O

綱中記録を持ち、一昨年、都大路（全国高等学校駅伝競走大会）を走ったアユ、昨年四〇〇メートル競走で全中に出たイワセ、一五〇〇を四分一〇秒で走ったアツ、現チームのエースの北レナなどなど。

　多くが中学校を卒業すると今度は駅伝チームに戻ってきて、高校生の区間を走ってくれる。我々、年寄りはそれに刺激を受けながら流れた年月を思い、胸を熱くする。

「おとうちゃんが来てたから、口から心臓が飛び出すかと思った」と夕方、学校から帰ってきた秋が言った。

「大人数の主将で大変だな」と私。

「自分でも驚くよ」と秋。

　秋は小学校二年生から駅伝チームに参加した。もともと身体能力は高いほうで、幼稚園のときの園内サッカー大会で、秋が属するキリン組は、練習試合で他の組に一度も勝ったことがなかったのに優勝した。秋が最終盤に次々とボールを奪ってハットトリックを決めたのである。どの行事でもパッとしないハズレ組と言われていたキリン組に優勝トロフィーをもたらした立役者として、かなり長い間、秋の活躍は語りぐさになっていた（今でも言うママさんがいる）。だが本人は、最後だけ仕方がなく、本気を出しただけで、日ごろは他人を押しのけてまで人の前に出るのは好まない。複数の友人と遊んだりせず、家で絵を描いたり、だらだら寝転んでいたりするのがどちらかというと好きなタイプだ。

小学校三年生の駅伝では、選手になろうと集まった低学年の女子の中で、秋はもっとも速かった。とはいっても、飛び抜けて速いというわけではなく、みんなと一緒に仲良くという感じ。もっと頭を使って走ったり、自分の弱点を強化する練習をすれば速くなると思ったが、無理にやらせても意味がないので、あまり言わないようにしていた。

その年の秋は、Aチーム（F尾連合駅伝チームは大会に三チーム出す）で私と同じチームだった。夢の親子共演だったのだが、隣のT島連合町会が台頭して来た時期で、まさかの敗北（準優勝）。F尾連合町会の一〇連覇が途絶え、親子同チームで駅伝出場の喜びはぶっ飛んでしまった。

T島連合町会が力を付け、すぐそこまで迫っていることは前年から薄々感づいていた。港北駅伝の閉会式のときに、じゃれ合ったりせず、ちゃんと並んでいるのはF尾とT島の子どもたちだけだったからだ。きちんと並べれば、速く走れるという甘い世界ではないが、自分たちが何をやっているのかわかっているかいないかは結果にはっきり現れる。

小学四年生になって出走区間が小学校高学年になった秋は、五年生、六年生を押しのけて代表選手になるほどの走力はなく、そこまでして走りたいとも思っていないようで、練習にすら顔を出さなかった。五年生のときも、アンさんスーさんという速い双子の六年生と北レナという自分より速い四年生がいて、選手になれないことがわかってから練習に出なくなった。六年生のときは選手になれたが、一学年下の北レナが飛び抜けて速かったため、北レナがAチームで私と走り、秋はBチームだった。

秋はそこそこ器用で体力もあり、なんとなくやっていればなんでも平均以上はできるので逆に、全身全霊をかけて本気を出すということがどういうことかわからないように見えた。おそらく普通の小学生がみんなそうだろう。良い悪いではなく幼稚なのだ。私も幼稚だった。とことん幼稚な甘ちゃんだった。そのことにようやく気がついたのは、北アルプスの槍ヶ岳北鎌尾根で吹雪につかまり死にかけた一九歳のときだった（はじめて本気を出しなんとか生還）。

O綱中陸上部がF尾小で開く練習会に参加したり、駅伝チームの先輩がいたりしたので、秋は迷うことなく陸上部に入った。監督のH先生は世界陸上のマイルリレー日本代表経験を持つ熱血漢で、秋の中学生生活は陸上中心になった。女子も男子も、港北区では無敵、横浜市では強豪、県では上位の常連だったが、関東が鬼門だった。

秋が二年生のときに、よいメンバーが揃って（アンさんスーさん他）O綱中陸上部は関東大会に出場した。そして、秋は三年生になった。

秋の学年は男子が一人も入部せず、女子は秋を含めて五人。そのなかにチームを取りまとめるというタイプがいなかったので、消去法で（推測です）秋がキャプテンになった。

一つ下の学年は部員が多く、二つ下の新入部員もたくさん入ったので、秋は男女三〇人以上の部員をまとめることになった。F尾連合町会のエースだった北レナがひと学年下に控え、同級生のN美もめきめきと力を付け、そのうえ神奈川県の他の中学は不作だった。O綱中は県大会を占う記録会（練習会）で優勝し、初の全国大会出場の期待が高まっていた。

他の競技であれば、三年生は夏の大会で引退し、高校受験モードに入って行く。だが駅伝は冬に開催されるので、陸上部の中長距離チームは勝ち続けると引退は一二月になる。秋も勉強そっちのけで、陸上部中心の生活を送っていた。区大会はぶっちぎり、市の大会も勝ち、いよいよ県で優勝すれば全国大会。ただ秋は区大会で区間賞を取ったものの、二年生の頃からの運動性貧血で調子に波があり、市大会ではメンバーに選ばれなかった。

自分がメンバーに選ばれなくても腐ることはなく、全体を考えて行動したり、チームを取りまとめたりして、キャプテンとして仲間の信頼を得るという私にはない能力を秋は備えているようだった。兄兄ニワトリ犬猫カメと多くの命に囲まれて暮らすことで、キャプテンの才能が育まれていたのかもしれない。

　全国に出場する代表校を決める県大会は、私が予定していた北海道無銭縦断徒歩旅行と重なっていた。娘の応援のために自分の長期活動を取りやめることもできず、私は北海道に出発し、二カ月間の旅を終えて、帰宅して開口一番「駅伝どうなった？」と秋に聞いた。とても気になっていたのだ。

「ああ、優勝して、全国決めたよ」と明るい声で返って来た。

「うわ、すごいな。やったなあ。で、お前、走ったの」

「いや、補欠」とトーンが落ちた。「でもいいの。O綱中陸上部初の全国駅伝出場なの」

「今の調子はどうなんだよ」

「ちょっとわからない」

納得できる練習ができていないようだった。全国中学駅伝大会は二週間後に迫っていた。

　O綱中陸上部関係の保護者に会うと、誰もが「(走っていない)秋ちゃんのおかげなんだ」と私に説いた。「秋ちゃんのチームだ」と言う人もいた。補欠に甘んじている秋への慰めも含まれていると思うが、私の知らないキャプテンシーが秋にあるのも事実らしい。特に後輩は伸び伸びと実力を発揮できるようだ。

もし、北海道無銭旅行が長引いたら、全国大会中も私は北海道をナツと一緒に歩いているはずだった。全国大会前に帰ってきたのも何かの縁と考え、秋がメンバーに選ばれるにしろ選ばれないにしろ、滋賀で開かれる全国大会を応援しに行くことにした。小雪と二人で、滋賀の友人宅に前泊し、当日、最寄り駅から会場の希望が丘文化公園まで歩いた。滋賀の小さな峠を越えるミニハイクで会場に着くと、日本中から集まった中学陸上部の強豪がアップしていた。

コースを下見する直前のタイムトライアルでも秋はふるわなかったようで、メンバーから外れていた。一年生の実力者ハル（F尾連合町会駅伝チームOG）も疲労骨折しており、急遽（きゅうきょ）、一年生の上レナ（F尾連合町会駅伝チームOG。二年生エースの北レナとは別人）に本戦出場の機会が巡ってきていた。

「よかったな」と上レナに声をかける。秋の代役の代役という感じで私としては複雑だったのだが、「はい」と上レナが素直に返答してくれたので、逆に救われた。

「すごい、本当に全国大会だ」と言いながら秋が来た。

「なにが？」と聞く。

「なんとかダッチャーとか、方言でしゃべってる」

「おまえも、ジャンジャン、言ってんだよ」

私は秋先輩のお父さんとして認識されており、部員に「頼りないキャプテンをこれまで支えてくれてありがとう」と声をかけたら、「とんでもありません。秋先輩は……」と真面目に反論されて、こっちが驚いてしまった。

Ｏ綱中は四七都道府県中四二位と惨敗だった。全国大会出場が最大の目標だったため、県大会で勝つことに照準をあわせ、チームは県大会で燃え尽きた感があった。関東大会もふるわなかったので、こうなることは予想していた。こういう経験を積んで強豪校というのは出来上がって行くのだろう。

本戦が終わり、オープンレースのスタートが近づいていた。簡単に言えば、補欠の選手が思い出作りのために、本戦と同じコースを走るレースである。私はこうした日本的温情が好きではない。努力と才能がかみ合ってメンバーに選ばれた者だけが、全国大会を体験できるほうが張り合いがあると感じていた。

号砲が鳴り、補欠の選手たちが走ってきた。オープンレースとはいえ、一つでも上の順位を目指してみんな真剣に走っていた。補欠は一チーム二人なので一〇〇人弱。三年間、全国大会を目指して練習を重ね、チームは夢をつかんだものの、ギリギリメンバーに選ばれなかった選手たち。ある意味ではみんな秋だ。

秋が真ん中くらいの順位で走りすぎていった。必死で走る一歩一歩に中学陸上部で過ごした時間が積み重なって詰まっている。みんなのひたむきな姿に胸が熱くなり、温情レースなんかいらないと思っていた自分を私は恥じた。

すべてが終わって、テントの前でO綱中学陸上部が集まりH先生が挨拶した。

「秋とK美ともう一緒に練習できないなんて、信じられない……」とH先生は言葉に詰まった。私もジーンと来て目に涙が溜まった。秋も泣いていた。一年生の部員は秋先輩のお父さんも泣いているという顔で私を見ていた。

父親不在の家族風景

私が大学新卒のとき、日本は就職氷河期だった。ここ最近は売り手市場で就職先を選べるらしい。先日、同世代の社会学者が「新卒で就職できずに大学院に進み、三流私立大学の講師などを務めて、なんとか学者として食べていけるようになった」という苦労話を新聞に書いて、「経済が低迷して就職氷河期が再来すると自分たちのように就職先が見つからなかった不幸な世代が生まれることになるので、政府は現状に安心せず、若者の雇用を安定させる努力をつづけて欲しい」と意見していた。

私も自分たちの世代の説明をするときに「就職氷河期（ポストバブル）世代」という言い方をすることがある。だが、自分たちの世代が不幸だと思ったことはない。だから、就職氷河期は不幸な人間を生むというその社会学者の見方にちょっと驚いた。別の世代に生まれたら自分がもっと裕福に生きられ、より幸せだったというのだろうか。

彼は彼なりに大企業への憧れがあり、就職氷河期は小さなトラウマなのかもしれない。私は企業に就職したくなかったので、うまく就職できないことを社会情勢のせいにできて、ある意味幸運だと感じていた。自分の周りを見渡すと、大学時代に仲の良かった友人で、大企業に就職した者は少ない。だが、企業に就職しなかった者も、それぞれ楽しそうに生きている。艱難汝を玉にす。かわいい子には旅をさせよ。

山で死ぬと家族が不幸になるから危険な登山はやめろ、と忠告する人がいる。就職氷河期と同じで、家族が不幸になるもっとも大きな理由は、(私の消滅ではなく)経済的に困窮するかららしい。

金があれば幸せなのかとは、幸福を議論するときによく耳にするお題目である。金銭面で本格的に苦労した人は「現実問題として貧乏は不幸だ」と口を揃える。幼年期にお金で苦労した小雪の友人は、人柄よりも経済力でパートナーを選ぶと結婚する前から宣言していた。いつもお金のことを心配している人生をどんな方法でもいいから克服したかったらしい。将来の旦那がそのことを知ったらどう思うのだろうかと、私はその話を聞きながら考えていた。そしてその友人は宣言通りの相手と結婚した。幸せなのかは知らないが、少なくとも不幸ではなさそうだ。

おそらく私が死んでも、親兄弟にそこそこ経済力があるので、小雪も子どもたちも、ぼちぼちやっていくだろう。自分を勝ち組とまでは思わないが、親族を含めて、飢えない程度に裕福であるのは間違いない。私のサバイバル登山も、生活に困らない程度に小銭を持っている人間の遊びであって、いわゆるサバイバルとはほど遠い。

そうは言っても、フィールドは力を持っている。山に入れば一進一退一触即発の状況に追い込まれて、入山前の野望も、自分を取り巻く経済状況もまったく関係なく、ただ頭を真っ白にして生き抜くことに集中する時間がやってくる。それが登山のいいところだ。

世の中には生命保険という奇妙な制度がある。稼ぎ頭が死んでも経済的に家族が行き詰まらないようにという名目（脅迫）で、みんながちょこちょこお金を出しあって、死んだヤツの遺族が総取りするという制度である。自分の死に金を賭けるようなものだ。

賭けに勝つには死ぬ必要があるという矛盾のためか、実際にどれだけの遺族が生命保険の恩恵を受けたか、費用対効果が具体的な数値で示されることはない。私が耳にしている情報も単なる噂である。その噂によると、恩恵を受ける確率は、手にする保険金と同じ金額の宝くじに当たるのと同じ確率だという。日本の生命保険会社が一等地に自社ビルを建てているのを見ると、宝くじの胴元と同じくらいボロもうけなのは間違いなさそうだ。

我がゲタの家のようなあばら屋でも、購入にローンを組む必要があり、保険が必須なので加入した。ローンを組んだ本人がもし死んだら、ローンがすべてなくなるというこれまた不思議な保険である。ローン返済中は、自分の命の値段がそのままローン残額のような奇妙な感覚に囚われた。ローンを返すほどに自分の価値が下がっていく。「早く死ななきゃ損をする」のだ。

たいした額ではなかったのでローンはずいぶん前に完済した。その後も生命保険という詐欺行為には騙されていない。山岳保険は山仲間に迷惑をかけない妥当な保険と考え、加入している。というわけで私の死の価格は現在、山岳保険の二〇〇万円である。

私の不在時、家族はのびのびと暮らしているようだ。

私は威圧的な人間ではない。好みや考え方がはっきりしていて、それにそぐわないことを目にすると、静かにそこから離れていくだけである。

トマトソース系の食べ物や、見た目がゲロッパチのようなグラタン、味がかすかにゲロッパチのようなハヤシライスなどが、食卓に出ると、黙って納豆ゴハンを食べる。明日死ぬかも知れないのに、酸っぱいオカズで最後の晩餐（仮）を台無しにしたくない。私が不在のときは、それらゲロッパチ系の食事で楽しく食卓を囲んでいるらしい。

「父ちゃんは山で死んでもいいよ。そういうキャラだし」と玄次郎は言う。「でもナツがいっしょにいなくなるのは堪え難いな」とつづく。

自分がもし死んだら家族が揺らぐ、と考えたがる人は、家族を失ったら自分が揺らぐ人なのだろう。多少は誰でも揺らぐだろうが、「存在とはなにか」についてちょっとでも考え、自分の脚でこの世界に立っていれば、揺らいでも倒れることはない。

オヤジがなにもしないで休日にゴロゴロしているより、サバイバル登山をしているほうが、家族にとってはマシだ。これまでそこそこ稼いだので、あとはほどよい加減でポクッと逝ってほしいだろうが、そこまでサービスするつもりはない。でも次の山旅で死ぬかもしれない。

長いあとがき　人類滅亡へのカウントダウン

それほど記憶力がいいほうではない。小雪との出逢いと馴れ初め報告（「二九年前」と「嫁狩り」）が昨日のことのようなのは、当時、作家志望だった文祥君が書き残していたノンフィクションを元にしているからである。残っていたテキストデータを整えていて、当時のことをまざまざと思い出し、居ても立ってもいられなくなって台所に降り、「なんであのとき、俺を振ったんだ？」となんども小雪に詰め寄ってしまった。

「もう、こうなったんだからいいじゃない」と小雪も毎度おなじ切り返しを繰り返す。

「まあ、そうか……」

ジジババになっても同じ会話をしているのかもしれない。

現在、家族がどうなっているのか、簡単に記しておきたい。

小雪は特に変わったこともなく、順調に年齢を重ね、日々の雑事の合間にイラストレーターの仕事を細々と続けている。もはやアタリ・ハズレを超越したという感じだ。

時間というのは力がある（いや、時間はないんだったな）。

　祥太郎は大学二年生になり、新型コロナウイルスの影響でリモート授業。自転車部に所属し、長期の休みには仲間とサイクリング旅行をしている（沖縄元服旅行の影響？）。

　高校を辞めた玄次郎は、はじめはイラストの独学に邁進していたものの、締め切りやテストなどの区切りがないためか、ずるずると時間にだらしなくなり、現在は控え目に言えば波のある、悪くいえばムラっけに満ちた、オンラインゲーム中心の怠惰な生活を送っている。

　一八歳という自分の年齢に一般的に求められる肩書きや、同世代が夢見たりする状態を、とりあえず全部疑ってみたあげく、結局、そこに本質的な意味を見いだせず、なんとなくだらだらしているようだ。

　世間から求められる「自立」とはなにか、親がなんとなく期待する「平均以上の経済的成功」とはなにか、社会一般が欲する「社会的評価を得る」とはなにか、をことごとく疑ったあげく「生きるとはなにか」まで疑ったらしい。

　人は豊かさを求めて働いてきた、ということになっている。少なくとも、戦後の復興期と高度経済成長期はそうだと思う。そして今、そこそこ豊かになった。我々はおよそ求めていた場所にたどり着いたのだ。それでもなぜかまだ、みんな走り続け、次世代にも走ることを強要する。本当はもう、自立や経済的成功や社会評価を求めて、学歴を稼いだり、あくせく働いたりする必要はないのではないのか。

ニートに分類される人々は、そのことに気がついているのかもしれない。

小雪は世間並みを求めて、「高校卒業認定試験を受けろ」と玄次郎に言っている。

小雪が主張する世間一般の感覚に対してはいろいろ反論が出てくるのだが、「ニートで何が悪いんだろう」という私の中に生まれた疑問を覆す、筋の通った反論はみつからない。「格好わるい」「繁殖しにくい」というくらいだ。

秋は、全中駅伝終了後、受験勉強を開始した。模試でひどい点数を取り、一人暮らしの祥太郎を除く家族四人で受験対策会議を開き、全員で力を合わせて秋の受験に取り組むことを決定した。私が国語、小雪が英語、玄次郎が数学の先生をする文字通りの家庭教師制度である。私は数学もやりたかったのだが、「お父ちゃんの教え方じゃダメだ」と玄次郎に言われて、身を引くことにした。それまで私が秋と数学をやるときは、教科書や問題集の問題をやって、できなかったところを私が理屈を説明しながらゆっくり解き、そのうえでもう一度、秋が一から自分の言葉で説明しながら私の前で解いてみせる、という方法をとっていた。

だが玄次郎はスマホの暗算ゲームを秋にやらせることから開始した。ついこないだまで高校入試をやっていた玄次郎はそれなりの考えがあるらしい。秋の家庭教師期間、玄次郎はやるべきことを与えられたためか、生き生きしているように見えた。

国語が担当の私はまず、本多勝一（ほんだかついち）の『日本語の作文技術』（の前半）を読ませ、言葉は感覚ではなく明確なルールがあることを強調し、そのあと、実践形式の簡単な問題集にとりくんだ。

先生役の三人が、いつしか自分の成果を争い、秋の勉強時間を取り合った。狩猟で不在にすることが多い私の「国語」はやや分が悪かったので、模試の前にこっそり「国語だけ集中しろ」と秋に言った。

秋は内申点にボーナスポイントが多く（全中出場二点、部活動完遂一点、キャプテン一点）、それを活かして、学力的には平均くらいでスポーツの盛んな県立高校になんとか合格した（兄妹唯一の県立合格者）。ただ、コロナウイルスで学校は始まらず、外出自粛期間中もまったく運動をしないで、ネット配信のアニメを見まくっていた。六月になって授業が始まるまでに、アニメには一家言あるまで精通したものの、身体は鈍（なま）りきってしまい、全中出場者という肩書きが逆に重荷になっている。

ニワトリは二〇一六年以降、産卵数が下降の一途をたどり、残ったメンドリも一羽ずつ死んでいった。こだわっていた「食べる供養」も、年老いたニワトリがおいしくないうえに、何年も一緒に暮らした情もあり、死後は食べずに、ハッサクや梅の樹の下に埋葬した。

一九年には第一世代で唯一生き残っていたチビと第二世代のプープとキングの三羽になった。プープは羽根がボロボロでトサカも垂れ下がった見るからの老鶏で、次第に動きが鈍くなって、ゆっくり死んだ。チビはいつまでも羽根にきらきらと艶があり、トサカも赤くピンとしていて「スーパーおばあさん」とか「魔鶏」などと怖れられていたが、ちょっと弱ったかな、と思ったら、翌日には動かなくなっていた。

一羽残されたキングは、少し情緒不安定になり、ときどきメンドリを探すような仕草をしたり、私にケンカを挑んできたりするようになった（ここ二年ほどまったく突っかかってこなかったのに）。

二〇年の五月末に秋が庭の隅でもだえているキングを見つけてニワトリ小屋に収容した。「斜面で転んで起き上がれない感じ」だったらしい。その日の午後、小雪と梅の実を採っているとニワトリ小屋の方から「ウギョギャギョエーガーガー」と何とも形容しがたい雄叫び（おたけび）が聞こえてきた。

「今の、キング？」と私は梅の木の上から小雪に聞いた。

「ちょっと見てくる」と小雪は小走りでニワトリ小屋に向かった。そこには、もだえるキングがいて、小雪が抱き上げてすぐに「ガクッ」と首が垂れ、目を閉じたという。安いドラマの心臓発作シーンそのままの最期だった。

長い付き合いなのでさみしさもあったが、キングは次の群れを飼いはじめる最大のネックだったので、ホッとした面もあった。小雪がデスマスクをスケッチしたあと、ハッサクの樹の下に埋めた。

ヤマト（猫）は帰ってこない日がほとんどなくなり、夕方外出して、夜中に帰ってきて、小雪の布団で寝るのがルーティンになっている。小さいネズミ、ヤモリ、トカゲなどを捕まえることはあるが、特に狩りが好きなわけではないようだ。ネズミは極たまに家の中まで出てくることがある。

ナツ（犬）もネズミをあまり気にせず、横浜にいるときは寝転んでいる。狩猟にも登山にも必ずついていき（私が連れて行き）、昨年の冬の初め、私はナツとともに北海道を無銭徒歩縦断し「犬と荒野を旅する」という長年の夢をかなえた。

その旅も含め、二〇一九年から二〇年は私にとって転換期だった。一八年の大晦日に一九年の抱負として「人生をちょっと変える」と宣言したことが、現実化しつつあるという感じである。

転機が来ると感じていたのは、山登りが面白くなくなってきたからだ。四〇代の後半から、山に登っていてふと「なんでこんなことをしているのだろうか」とむなしくなることが多くなった。私の登山からなくなったものは「新鮮さ」と「初期衝動」である。命懸けの状態で高い集中力を発揮する「充実感」も少ない。

もはや身体的に向上する年齢ではなくなり、ゆっくりと人生の下り坂に入っている。

体がまだなんとか動くうちにと思って、引退試合のつもりで出発したのが北海道の無銭徒歩縦断だった。ナツと無銭という制約が作り出した仮想荒野を狩りをしながら歩き続けるのはかなり面白く、まだそこそこ歩けたので、引退は先延ばしにした（詳しい旅の報告は二〇二三年秋単行本化）。

転機だと意識しているのは、小雪に出逢ってから、大きな意味で人生の中心だった繁殖活動が、そろそろ終了しようとしているからだと思う。

繁殖のつぎは「隠居」である。今後は地球に負担をかけることなく、余生を楽しませてもらいたい。そのための隠れ家として、一九年の夏、関東近郊の山中にある廃村に、古い家と広い土地をただ同然で手に入れることができた。二間半×七間半の母屋はクギを一本も使わない日本古来の構造建築で、屋根は茅葺き（かやぶき）である。廃屋同然だったその家を、掃除して、修理して、畑仕事をするのが、現在、私（とナツ）が取り組んでいる主な活動であり、喜びだ。

二〇年春の大型連休（コロナ禍連休）も一一連休中、九連休をその廃村の古民家で過ごした。三方が山に囲まれ、渓沿いの道が屈曲して三キロ下のバス道路に繋がっている。耳に入る音は、母屋の横五〇メートルに流れる渓流と鳥、風くらい。ときどき遙か上空を飛行機が飛んでいく。私は車を所有しないので、電車とバスと徒歩でその廃村に入る。

できるだけ自力で山に登りたいと思いはじめたのがサバイバル登山である。その根底には素登り（フリークライミング）思想がある。フィールドまでは公共交通機関で移動するが、入山後はできるだけ人工施設（道、山小屋）を避けて旅する。万が一のときの救助も当てにしていない（家族にさえ行く場所を言わないほど徹底したこともある）。現代人としてではなく、一頭のホモ・サピエンスとして旅をしたいからだ。

廃村の生活もこれに近い。水、燃料は完全自給している。ちょっとした電気はソーラーを使う。排便は一カ所に溜めない。生活排水は斜面に吸収させるが、そもそも汚水を出さない。公共の下水施設がない地域の個人宅は、浄化槽の設置が法律で義務づけられているが、便所の場所を決めず、下水を流さなければ必要ない（はずだ）。便利を求めると国や自治体が顔を出し、金を払えと言ってくる。排便するのにちょっと山に行く手間を惜しまなければ、国や自治体やそれらに類する東京電力などが管理運営するものには頼らずに暮らすことができる。公共といえるものは距離で三キロ、標高差で三〇〇メートル下のバス停くらいである。救急車を呼ぶ手段もないので、木に登って枝を落としたり、回転系の電動工具（ソーラー）を使っているときは、ミスしたら死ぬぞ、と自分にささやいている。

生き物はいずれ死ぬ。日本でも年間で人口の一パーセントは自然死する。これからは死因に新型コロナがすこし増えるだけだ。

少しずつ縮小していくニワトリの群れは、終末期の人類を予想させて、いろいろ教わることがあった。実際のところ、現生人類の現代文明はあと何年続くのだろう。三〇〇年くらいか。五〇〇〇年くらい頑張るのか？　もしかして五〇年くらい先には絶滅が待っていて、祥太郎、玄次郎、秋は世界の終焉に立ち会うのかもしれない。最後の人間たちがいったいどのような感慨を抱くのか、そんな人類の滅亡に関しては、コロナ以前から家庭内で冗談まじりで話し合ってきた。

食べ物も私たちも、みんないっしょに生きている。新陳代謝をしない炭素化合物は、次第に酸化してしまう。たとえば次シーズン、私が鹿を一〇〇頭撃ったとしても、もう一生獲らなくていいということにはならない。冷凍しておくスペースはないし、冷凍にはエネルギーもかかる。たとえ冷凍できたとしても、二年もすれば酸化してまずくなってしまう。

命とは代謝を続ける炭素化合物のことで、命は別の命を取り入れたり、別の命に取り入れられたりしながら、生態系全体として、うねるように続いて行く。そのうねりを構成する一粒一粒が、私であり、家族であり、ニワトリであり、私が狩るケモノである。それが生きるということだ。一種だけでは存続しつづけることはできない。ほとんどすべての生き物はそんなこと（たぶん）考えずに、食ったり食われたりしている。でも今をいっしょに生きる繁殖仲間なのである。

はっとり家の3兄妹

あに1　ショウタロウ

あに2　ゲンジロウ

いもうと　シュウ

探検家の家族はつらいよ!?

HATTORI BUNSHO × KAKUHATA YUSUKE

対談

服部文祥
×
角幡唯介

（作家・探検家）

「結婚を止めに来ました」

角幡　服部さんの『サバイバル家族』は小雪さんとの馴れそめと、結婚から始まりますが、それにしてもよくこんなことやりましたね（笑）。小雪さんには婚約者が別にいたのに、服部さんは「結婚を止めに来ました」と割って入って婚約を白紙に戻させ、自分が結婚しちゃう。映画みたいな話だなと。それを書いちゃうことに驚きました。僕は自分の恥部を晒すほうだけど、この手の話は恥ずかしくて抵抗がある。

服部　ちょっと恥ずかしいことは恥ずかしいけど、事実だからなあ。俺は出会ったときにピンと来た。でも小雪のほうはまったくそうじゃなくて、ホント

当時を思い出す著者

大変だった。婚約破棄を直訴しに行ったのも、出会って五年後、紆余曲折の末だし……。しかも彼女の結婚が破棄されたからと言って、俺との結婚が決まったわけじゃない。ただ、状況は転がり始めているから、必ず俺のほうに転がって来るだろうと思っていたけど。そうじゃなきゃおかしいよね。破棄になった時点で、心では「小雪と結婚だー」って叫んでた。

角幡　恥ずかしいから、普通は小説で書くんじゃないですか。

服部　物書きたるもの、なんでもネタにして売らないと（笑）。角幡君も「中央公論」連載をまとめた『そこにある山』で奥さんとの結婚の経緯についてたっぷり書いていたじゃん。角幡的な抽象的思考にすりかえて、「結婚とは事態である」とか、自らの意志ではままならない「中動態」だなんて……。哲学風味の分析こそ、本当かよ、って疑わしい。通常、恋愛とは熱病のようなもので、結婚なんか勢いだろ？

角幡　妻からは「書いていることが事実と違う」って怒られましたよ。僕らの馴れそめは仲間内の飲み会で、最初のコンタクトは妻から僕へのメールなんです。その顚末を書いたのだけれど、妻からするとそれは違う。僕からの無言のメッセージを受信して自分は連絡したという理解なのかな。僕にもよくわからない。事実は書いた通りのはずだけれど、妻からすればそれが事の始まりなのだと。妻の怒りはそこにあるようです。

服部　あははは。そこは嫁さんの希望通りにしておくのが、男の甲斐性ってもんだろ。じゃあ、結婚するのかしないのか、奥さんに「匕首を突きつけられ」たってところも怒られた？

角幡　実際にそういう雰囲気だったから、それは大丈夫でした。どちらが最初にけしかけたかが重要みたいです。まあ、何が事実かは受け取り方によって変わりますね。

服部　でも当時、彼女だった嫁さんと別れると決めたら涙が溢れてきて、やっぱ結婚することにしたって、どこかに書いていたよなあ。

角幡　いや、それは書いてませんよ。

服部　そうか、それは飲んだときに話していたことか。

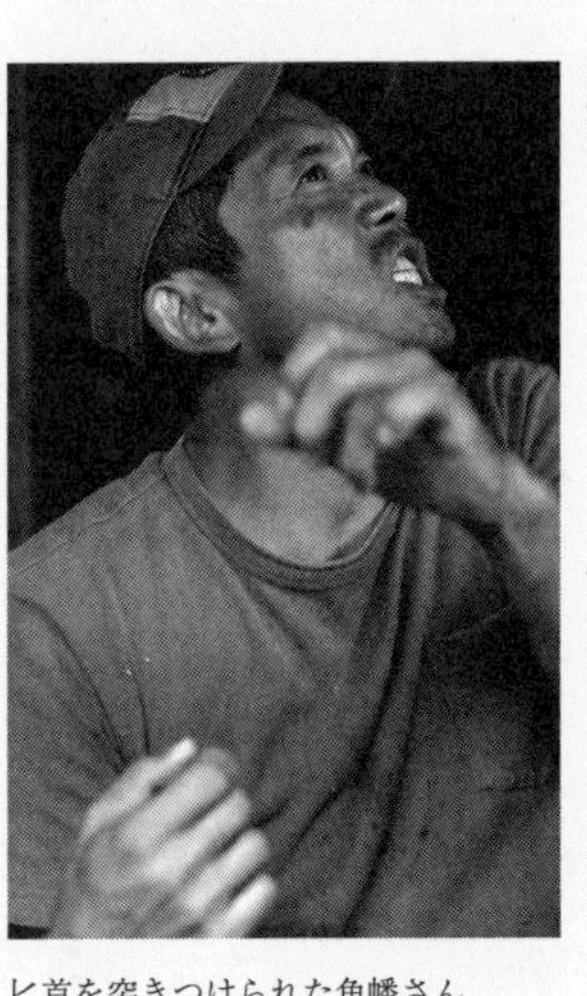

匕首を突きつけられた角幡さん

角幡　だから、そういうセンシティブなことは僕には書けない。子どもが二、三歳になるまで、うちはちょっと地獄のような感じもあったし。

服部　ははは（笑）、いつも言ってたよね。うちは仲がいいから想像できなかった。でも子どもが生まれて関係性が変わったのだとしたら、やはり「子はかすがい」。

角幡　愛情は感じますね。霊長類学者の山極壽一（やまぎわじゅいち）のゴリラの父親理論は知ってます？　父親って妻と子どもから認められて成りたつ社会的擬制だそうですが、自分も家族から父と認められているという感覚はある。

服部家・角幡家の教育方針

――著書を読むと、服部さんの家庭は、クーラーの設置を拒んだり、子どもの教育方針を提示したりと、服部さんがリードしているように見えます。角幡さんの家庭はお連れ合いが主導権を握って引っ越ししたり家を買ったりしているようです。

服部　子どもに強要したことは、挨拶をきちんとする、左右対称の姿勢で座る、だけですね。あと次男の玄次郎は喘息だったのでスイミングに通わせた、そのくらいかな。アンチクーラー思想の詳細は本書を読んでもらうとして、コロナによる給付金を使って今年からいよいよ我が家も空調が使えるようになってしまった。僕はクーラーのあるオフィス（「岳人」編集者としても勤める）で過ごすこともできるので、クーラーなしで最近の異常な暑さに耐えている小雪と玄次郎はいろいろ不満があったようです。自分の理想を家族に押し付けているのかもしれないけど、いやなものはいやだしなあ。

角幡　僕は登山や冒険などの活動と、家庭での生活は分けて考えていて、やはり冒険が自分の本領なので、家庭のことは基本的に妻に委ねています。日常なんて退屈だという、ある種のニヒリズムが外へ向かう原動力になっていたので、三〇代までは住居なんて完全に関心がなかった。でも、四〇歳を過ぎて少し変わって、生活のほうに力を入れたいという気持ちが出てきた。妻とはそのうち山奥に土地を買って、二人で小屋でも建てるかなんて話をしている。釣りや猟の前線基地です。

その点で服部さんが掲げる「サバイバル登山」というテーマは面白くて、猟をしたり釣りをしたり、自分の力で食糧を賄いながら登山を続ける。「自力の思想」がベースにあるから服部さんの登山は生活的だし、一方で日々の生活にもサバイバル要素が溶け込んでいる。今回の家族物の作品もそうですが、登山と生活の区別があまりないのが興味深い。

服部　自分の行動原理を突き詰めて考えると芯のところには「モテたい」がある。少なくとも若い頃はモテたかった。それはおそらく、最高の伴侶を得て、孕ませ、子どもをもうけたいという動物的な繁殖欲求だよ。だから山登りを始めたきっかけも、根底にモテたいってのがあった。かっこよくなってモテたい。かっこよくあるためには本質的でなければならない。山登りの本質はというと、すべてを自力で行うことだなと思った。「これがいい」という直感力にはちょっと自信がある。たとえば嫁の選別とか。

角幡　僕はもともと結婚の意思はなかったから、妻との関係のなかではじめて結婚を意識した。うちの奥さんは性格の強い人だから。今でこそほとんどしないけど、前は喧嘩ばかりでした。理由は言えないですが。

服部　得意のハイデガーとかベルクソンを引いて説得すればいいじゃん。

角幡　ハイデガーには仲直りの方法は書いてないですよ。

鎌倉に引っ越して付きあう友達も変わって、少し趣味が変わったのかな。最近は妻の趣向も僕に近づいてきて、田舎の小屋づくりに関心が出てきたのもそのせいかもしれない。子どもに体験させたいという思いもあるのでしょう。子どもへの教育という意味では、よく山や海に連れていくんですが、その根底に自分で行動の限界をもうけてもらいたくないという思いはあります。世間の目を気にして、あれはやらないほうがいい、みたいな自主規制する人にはなってほしくない。別に教育方針というほどのことはないけれど、他人に同調する人間にはなってほしくない、自分の頭で考えてほしいという思いはあります。

服部　うちの次男は今ニートだけれど、自分の頭で考えた結果、ニートになることもありうるぞ。

角幡　玄次郎君が高校を中退したくだりも書かれていましたね。でも、自分で考えて行動していて偉いと思いましたよ。何も考えず周りの動きに合わせて生きる多くの人よりも、ずっと自立している。

服部　高校一年の終わりの文系・理系の選択時にそれまで溜まっていた学校教育への疑問が爆発したね。玄次郎は地頭がいいから、このまま大学に行って、サラリーマンになって、満員電車に揺られて生きる未来に完全に嫌気が差したらしい。

高校中退はいいんだけどね。俺も、自分を信じてやりたいようにやればいいと思って生きてきたから。でも、最近の玄次郎を見ていると、易きに流れてダラダラしているなあ。一応は何かを勉強しているらしいんだけど、独りでは、角幡君の著書のキーワードでもある「関係性」を築くことができないんじゃないかなあ。誰かと出会ったり、外部からの刺激を受けたりが少ない。自分の過去を振り返っても、大学生の頃は遊んでいただけだから、別に大学に行かなくてもいいとは思うのだけれど……。刺激を受けて成長するということ自体も疑えるしなあ。玄次郎の存在は教育って何だ、成長っ

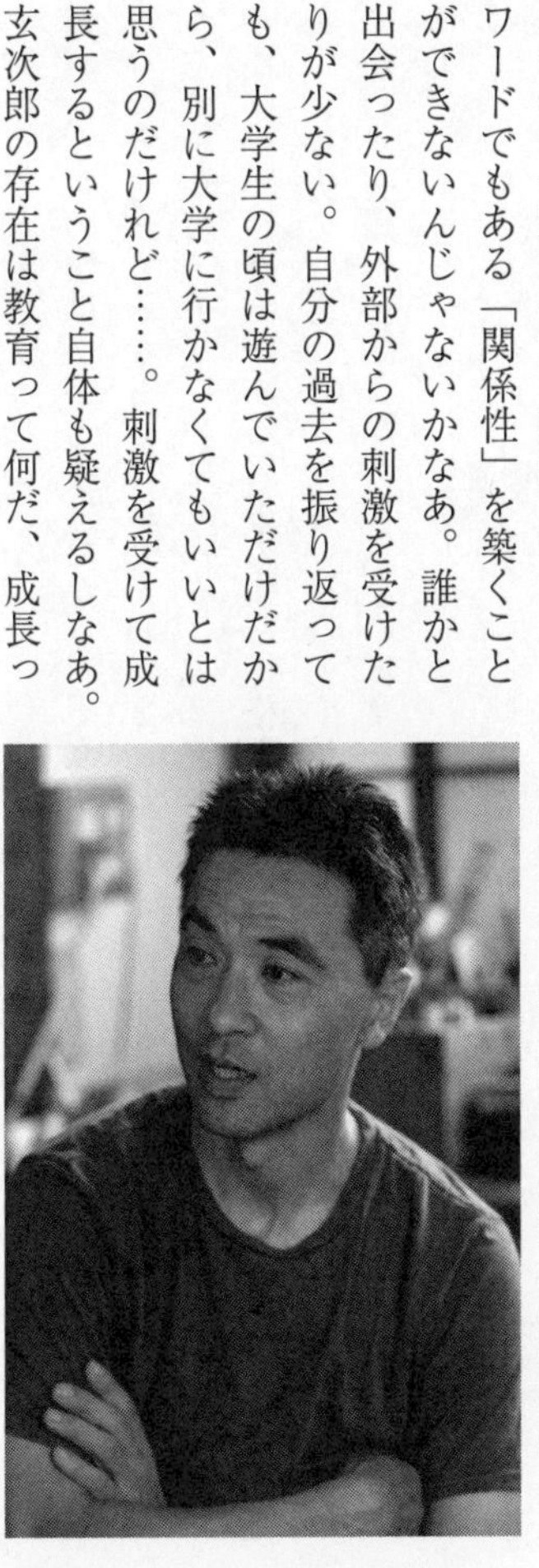

て何だって考えさせられる。

角幡　うちの娘は小学一年生だから、そういう悩みにはまだ直面していない。でも、そういう日がくるかもしれませんね……。しかし、遺伝と教育の割合ってどのぐらいなんですかね。子どもを見ていると、素質のかなりの部分は遺伝で決まっているんじゃないかという気がする。努力する性格や、自分の頭で物事を考えるという部分も含めて。一方で、考え方とか言い種なんかは親の影響がかなりあるようにも思う。食卓でかわす夫婦の会話とか、何気ない日常から子どもが感じることって大きいんでしょうね。

「家庭の崩壊」をも覚悟して

——二人とも積極的に育児をしていますが、一方で活動のために家を長期間あけると、お連れ合いが育児を一人で担うことになります。苦言を呈されませんか？

角幡　最近は半年を北極で活動し、残りの半年は主に自宅で執筆仕事をしています。家にいれば子どもといる時間も当然長いので、風呂に入れたりご飯食べさせたり。それを特別に「育児」とは思わないですね。

一方で、子どもが生まれた当時の妻は大変だったのかな。二〇一五年にグリーンランドに行ったときは一年以上家をあけるつもりだった。まだ子どもが生まれて一年ちょっとで、旅立つときは「家庭が崩壊するかもしれない」と覚悟して出ました。実際、妻は大変だったらしく、現地から電話したら随分弱っていて、「唯介には新聞記者に戻ってほしい」「私は今の生活が全然楽しくない」とか言いはじめて、これはまずいと思いました。結局、滞在許可が延長できなかったこともあり帰国しましたが。僕の娘は一歳から三歳の間、めちゃくちゃかわいかったのだけれど、妻は当時まったくそう思えなかったらしく、娘の写真を今になって見返して「うちの子、こんなにかわいかったんだね」と言っている。かなり育児ストレスはあったようです。

服部　家をあける期間は角幡君ほど長くないけれど、俺もちょうど長男が生まれた頃は積極的に山に出ていたときだったので、育児は妻に任せっきりだったな。一度山に出てしまえば連絡も取れないし、今になって妻に聞くとやっぱり大変だったみたい。第一子のときは精神的につらくて、第二子、第三子になると育児に

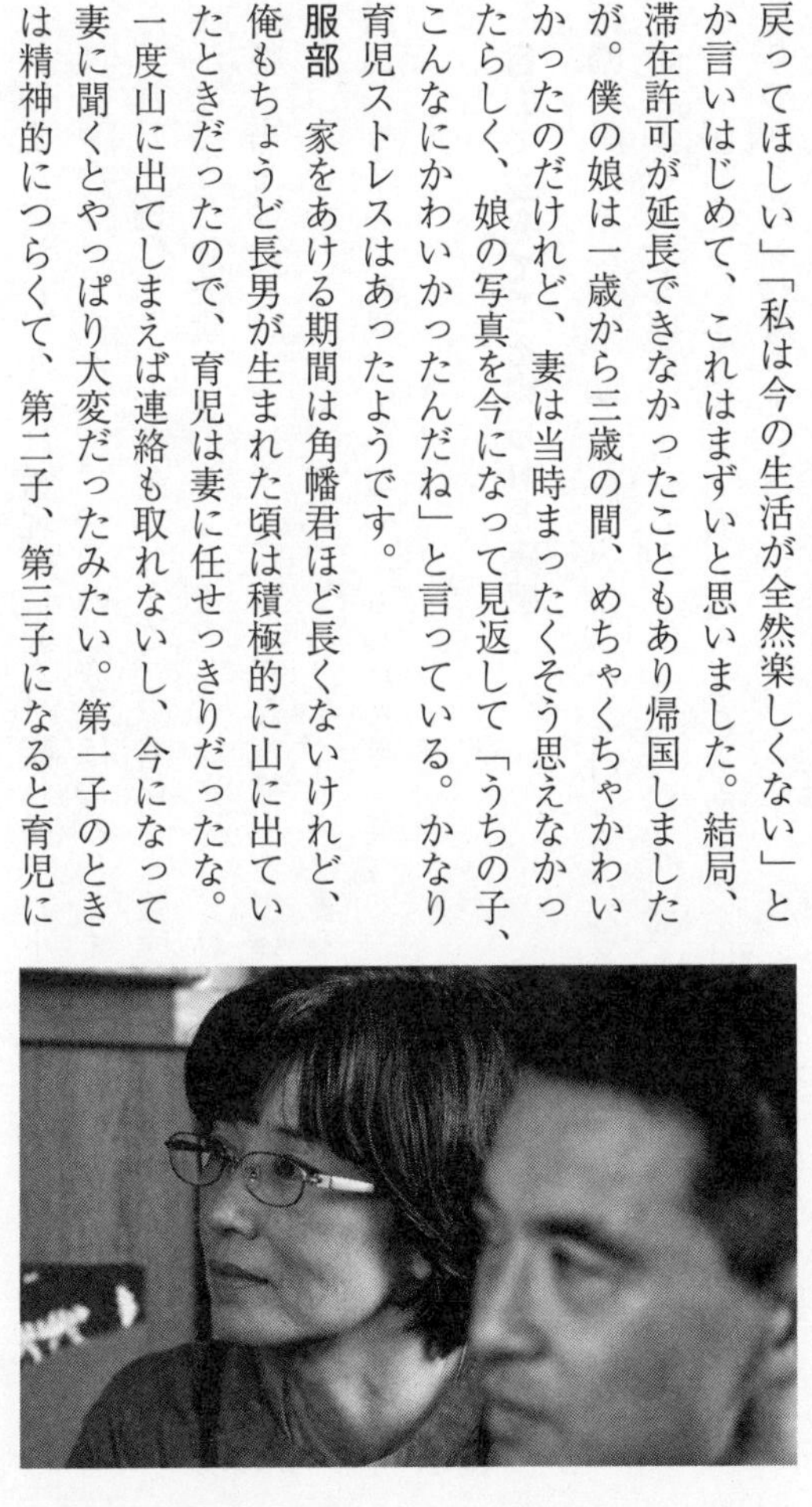

慣れはするけれど、今度は物理的に大変。疲れ果てた小雪が突然泣き出したことが二、三度あったな。正直なところ、その大変さは言われるまでまったく認識していなかった。むしろ俺は、子どもが生まれたことで遺伝子を残すことができた安堵があって、これで思う存分危険な登山ができるぞくらいに思っていた。

角幡　当時はお互い心に深手を負うような喧嘩をしていたけど、探検と育児にも原因があったのかもしれない。でも、ここ三年くらいはまったく喧嘩してないですね。

服部　もうあきれ果てているのかもしれんぞ（笑）。

自力で生きてこそ得られる実感

角幡　服部さんはすべてを自力で賄って登山していると、「なんでそんなにしんどい登山するの？」と問われませんか。僕はそういう問いを突きつけられることが時々あって、面倒くさいから適当にあしらうときもあるんだけど、『そこにある山』には僕なりの回答を少し書きました。

僕は、冒険を「社会や時代のシステムから外側に飛び出す行為」と定義して行動してきました。そしてその行為は、システム化され効率化された社会への批評行為でもあると考えてきた。一方、家族ができて社会との接点が増えたことで、効率化と合理化の風潮が最近ますます強まっていることも感じます。どうしてそんなに無自覚に社会の効率化を受け入れてしまうのか。それに苛立つことも多い。今回の服部さんの本には効率化への欲求も生き物の本能との指摘があって、なるほどと思いました。服部さんは「なんで？」という問いにどう応じていますか。

服部　たまに質問されるね。そういうときは「効率的じゃないほうが面白いから」と答えているかな。社会が合理化し、効率を高めることで発展してきたことは理解するのだけれど、効率第一になってしまうと、人間として生きる意味は失われてしまう。効率を追求すれば、肉を食べるより流動食のほうが、さらには点滴で栄養を補ったほうが効率はいいとなってしまう。でもそうやって効率化して人間の活動を削いでいくと、最終的には死ぬことが最も効率がいいことになる。それでは意味がないから、どこかで効率化の妥協点を見いだし、立ち止まらなければならない。人工的な効率化は生きる面白さを削ぐ、自然環境で工夫して効率化するのは生きる面白さに直結する。俺は生きる本質を追究しているから「自力」こそが最も生として充実する、という答えになるのだと思う。

角幡　現代社会は、機械化や分業が行き届いているから、自覚的に生きないと、かなり多くの部分で便利さに流されてしまう。僕だって日本での生活は、現代社会の効率を享受しているわけですが、効率化・合理化の思想に社会が無自覚に毒されているこ

とに違和感を覚えます。

服部　最近、ある廃村に古民家を買って、そこでかなり自給自足に近い生活を楽しんでいるんだけど、風呂を沸かすのも自分で薪をくべて焚かなければいけない。雨の日なんか、正直「めんどくせぇ」と思うけど、同時に「俺は今、生きることを面倒くさがったな」と笑っている。

角幡　僕が毎年グリーンランドのシオラパルクに通うのも、結局はそのためです。機械などに頼らず、自力で北極の地を自分の家の庭のように歩けるようになりたい。土地のことを知り、アザラシを獲れるようになることで行動範囲が広がってゆく。自分の足で開拓して、その地平が広がっていくのは楽しいですね。

服部　角幡君は、自分の体力と経験のバランスから集大成の活動ができる年齢を意識して、極夜行の冒険を実行したと書いていたけれど、あれを読んで俺は自分を省みた。月刊誌の編集者として会社勤めをしているのを言い訳に、いつか長期登山をしたいという思いを無意識に先送りしていたのかもしれない。

角幡　服部さんは去年、北海道縦断の無銭旅行をしましたよね。あれは体力の衰えを実感して、結構な覚悟を持って行ったと書いていましたが。

服部　そう、俺も人間としての下り坂を実感して、特に膝が痛くて大がかりな旅はこれが最後、引退試合のようなつもりで行った。出発から足をひきずって歩いていたのだけれど、二六日目に不思議と膝の痛みが取れていた。やっぱり人間は歩く生き物で、歩くこと自体に治癒力があるのかもしれない。北海道の無銭旅行は自分なりに感じることも多かった。サバイバルの技術や精神力については、長年培ってきたものがある意味では発揮された。体力もまだいけると感じたし。でもたとえ財布を持たなくても、北海道に「深い荒野性」はなかった。日本だし、何か問題が起きたら「助けて」と言えば何とかなると思えた。その点が北極の僻地性にはかなわない。

角幡　納得のいく活動ができる日というのは来るんでしょうかね。

服部　たぶん来ないな。でも、廃村の古民家にはすこし可能性を感じている。俺の北極はあそこにあるのかもしれない。

死ぬことへの恐怖

角幡　登山や冒険では死というものを前面に立てる。死の近くから帰還するのが究極の生となるわけですが、その究極の生と死との間には必ず距離があり、生きている限りはもっと行けたとの後悔が生じる。となると完全な納得は、死なない限りできないのではないかとも思うんです。

服部　それは、まだ肉体的に若いから出てくる発想だな。まだ自分が身体的に人間の限界に近づける可能性があるからだよ。五〇歳を過ぎて、自分の身体能力が人間の限界能力と乖離してくると、たとえ死んでも自分が納得する極限にチャレンジしたいという思いや発想が減っていく。いや、俺も若い頃は無様に生きるなら、死んだほうがマシだと思っていたけど。

角幡　生きている以上、納得できないんだろうと思う一方で、去年、家で急に胃が痛くなったんですよ。痛みが引かなくて胃がんを疑った。そのときにせっかくだから意識的に死というものを見つめたんですが、子どもが僕のことを語り継いでくれたら受け入れられるんじゃないかとも思えて。

服部　角幡君、それは君がおおよそすべてのノンフィクション賞を取って思い残すことがなくなったからだよ。

角幡　いやいや（笑）。子どもができるということは、記憶として残ることなんじゃないか。誰かの中に記憶として残れば、死を受け入れることもできるんじゃないか。そう思ったんです。妻にその話をしたら、「あの子は一年もしたら忘れちゃう」って笑ってたけど。だから、「もし俺が死んだら、一日一回でいいから俺の話をしてくれ」と言いました。生者が死者にたいして唯一とりうる態度は語り継ぐことなんじゃないかと。

服部　それは角幡君が大宅壮一賞を取ったからの境地だな（笑）。いや確かに、誰かに記憶されればそれは死ではない、という考え方は昔からあるね。

角幡　この夏、服部さんが例の古民家で蜂に刺され、アナフィラキシーショックになって死を覚悟した、ということをあるエッセイに書いていましたよね。死ぬ瞬間を意識したときって、どうでした。

服部　バチンって胸に焼き付けるよう

な痛みがあって、多分スズメバチだろうけど、最初は股ぐらが無性にかゆくなって、そのうち血圧がサーッて下がって世界が回りはじめた。で「やばいやばい、あぁ俺死んじゃうのかなあ」と焦る一方で、血圧が下がって意識も低下していくから、切迫感はあまりない。特に恐怖を感じないんだよ。ただ、あー死ぬなーって。以前にも滑落して頭を打って、死を意識したことがあるけれど、そのときもプチンと意識が途切れている。死ぬのは意外と怖くないのではないか、と思っている。

角幡　僕は三〇歳のときに雪崩に遭って、雪洞で一〇分生き埋めになったことがあるんです。身動きが取れなくて、完全に死ぬのを待つ状態です。結局、一緒に行った仲間に助けてもらうんですけど、このときは「俺は何もやり遂げていない、無念だ」と思いました。でも、今同じ目に遭ったら、当時よりは受け入れられる気がする。それはある程度、自分のやりたいことをやったから。そして、家族ができた影響も大きいんじゃないかと最近は感じています。

服部　今回の本にも書いていたけれど、それは自分自身を確立し、人生を自分の固有のものにしたこと。「角幡唯介」になったからでもあるのだろうね。

角幡　それはあるかもしれません。

服部　あとはさ、やっぱり角幡君が大佛次郎（おさらぎじろう）賞を取ったからだと思うよ。

角幡　いやいやいや（苦笑）。

服部　俺にも一個くらい回してくれよ（笑）。

無神経、でも、いい父ちゃん

服部小雪　世の中には、家事や育児をしっかり分担している夫婦がいるという。すごいことだ。つくづく、うちはめちゃくちゃだったなあ、と思う。夫は外でやりたいことをやり放題、私は家にこもり、平和を保つためにひたすら耐えていた。子どもたちが自立する年頃になった今でも、そのことへの後悔を引きずっている。「繁殖は、人生の目的だ」などと言う夫の無神経さに、繁殖のその後が大切なのでは？　と、心に黒いモヤモヤが湧き上がる。

今回の対談を聞いた後で、発見があった。冒険家は断固として温泉旅行には行かないが、自転車に乗って、子どもと小さな旅に出る。私は自分が勝手に描いた理想の家族像とのズ

レばかりにとらわれていたけれど、文祥も、角幡さんも、自分のやり方でせいいっぱい子どもを愛し、家族を大切にしてきたのだ。「父ちゃんは、父ちゃんだからいいんだよ」と、娘に言わせてしまう服部文祥は、くやしいけれど、いい父親なのかもしれない。

（二〇二〇年八月　著者宅にて）

角幡唯介（かくはた・ゆうすけ）
一九七六年北海道生まれ。作家・探検家。早稲田大学卒業後、朝日新聞社入社。同社退社後に執筆した『空白の五マイル』で開高健ノンフィクション賞、大宅壮一ノンフィクション賞、梅棹忠夫・山と探検文学賞を受賞。著書に『雪男は向こうからやって来た』（新田次郎文学賞）、『アグルーカの行方』（講談社ノンフィクション賞）、『極夜行』（大佛次郎賞）、『そこにある山』『狩りの思考法』『裸の大地』シリーズなど。

服部小雪（はっとり・こゆき）
一九六九年生まれ。イラストレーター。女子美術大学芸術学部洋画専攻卒業。在学中はワンダーフォーゲル部に所属。夫、二男、一女と横浜に在住。著書に『はっとりさんちの狩猟な毎日』（河出書房新社）がある。家族、ニワトリのいる日常をテーマにしている。

服部家のその後

大晦日に家族が集まって、その年自分に起きた三大ニュースと翌年の抱負を発表するという行事は、なんとかまだ続いている。二〇二二年末、長男の祥太郎は翌二三年に大学を卒業して社会人になる予定であった。卒論はコンピュータの予測システム構築（ゼミの研究）で、なんでもカリフォルニアで開かれる学会にオンラインで参加して英語で発表しなくてはならないという。

「それが終わったら、卒業旅行でも行きたいんだけど、外国は付き合ってくれる友達がいないんだよ」とぼやいていた。海外卒業旅行→卒業→社畜生活が祥太郎の抱負であった。

「どこ行きたいんだよ」と私は言った。

「インドとか……」

「インドくらい一人で行けよ」

「一人はちょっとハードル高いなあ」

かつてザックを背負った貧乏旅行というムーブメントがあり、私は大学四年生の夏、一人でパリに飛んで、フランスとイタリアの美術館を巡った後、陸路で日本に帰ってきた。大学五年目の卒業旅行は友人と二人でインドのデリーからコモリン岬へ二六〇〇キロを自転車で旅した。本編で記した元服沖縄自転車旅行の影響か、祥太郎は大学で自転車部に入り、サイクリングツアーを主な活動としてきた。

「一緒に行ってやろうか」と冗談半分で私は言った。インドの灼熱の中、自転車を漕いだのが、ついこの間のような気がした。

「じゃあ俺も行く」と玄次郎が言った。

「え、本当に行くの？」と私。

玄次郎は高校を中退してから、小雪にしつこく言われて、高校程度卒業認定試験を受けて合格していた（必要な単位は少なく、試験は驚くほど簡単だったらしい）。

インドを旅して一皮剝けるという発想は、旅好きな若者の定番だったが、果たして父親と一緒で、一皮剝ける体験ができるのだろうか。

「兄弟二人で行けよ」

「それはちょっとなあ……」

私は二二年の六月に会社を辞めた。それは私の三大ニュースの一つである。残りの二つは「国際芸術祭あいち２０２２」に山旅を芸術として出展したことと、三年前から山里の廃村で実践している半自給自足生活に関する本を出版したことだった（と思う）。

インドの周辺事情を調べたら、少なくとも日本より新型コロナウイルスは問題ではないようだった。ただ、私と祥太郎のパスポートは切れていたし、玄次郎はパスポートを持っていない。祥太郎は学会での発表準備が忙しいと言っている。取り急ぎパスポートを作り、ビザ等の事務手続きを玄次郎にすべて任せた。玄次郎はインド大使館に三回出向いて三人のビザをゲットした。二九年前、私もインド大使館には、ビザ取得で苦労させられた思い出がある。

ゴタゴタしたが二月二六日に成田からネパールのカトマンズに飛び、そこからインドのコルカタ（カルカッタ）に向けて、我々親子三人は自転車を漕ぎ始めた。

大学生だった自分がインドのデカン高原をサイクリングで旅した二九年後に、大学生とニートの息子ふたりとネパール・インドを自転車で旅するなんて、一歩引いて俯瞰したら、親として旅人として、類い稀な僥倖だった。

感慨深いとはこういうことだろうなあ、と感慨にふけりたかったが、今この瞬間に集中しなくては次の瞬間がやってこないのがインドである。クラクションを鳴らしながらギリギリを抜き去っていくバスと、無理な追い越しをかけて前から突っ込んでくるトラックへの対処と、野良イヌ野良ウシ野良ガキと、なんかおもしろいことないかと絡みついてくる野良インド人への対応に手一杯で、落ち着いて幸福感に浸る暇はなかった。交通ルールが実質存在しないこの地を、自転車で旅していると、今のこの瞬間も車に轢かれず生きていることが、小さな奇跡のように思えてくる。本当は日本でも我々は小さな奇跡を積み重ねて生きている。だが日常生活に追われてついそのことを忘れてしまう。今日と変わらない明日が来るのは当たり前のようで、実は危ういバランスのうえになんとか浮かび上がっている自分という存在の奇跡。それをこれでもかと思い出させてくれるのが、インド旅行の魅力なのだ。

ネパールとインドの国境で自転車を一台盗まれ、現地で自転車を調達した遅れを取り戻すために急いでいて両替ができず、毎度のことながらルピー貧乏（外貨はあるのにルピーがなくてなにもできない状態）になり、どうも順番に体調が悪くなったと思ったら全員オミクロン株に感染していた……などのアクシデントはいろいろあったものの、なんとかコルカタにたどり着いた。大きな街路樹がある十字路のカレー屋で薄味ダルカレーを朝食に食べたあと、チャイ屋を数軒ハシゴして、バザールでお土産を探し、マンゴーとスイカを買って宿に戻り、インド人が料理するチャイニーズレストランでカレー味の焼きそばを食べて帰国した。

その後、祥太郎は「学生生活最後の日々をバイトで過ごしたくないから、出世払いで金を貸してくれ」と無心してきて（学費プラス一人暮らし費用の上限としていた七〇〇万円はとうの昔に使い果たしていた）、父親からむしり取った金で、広島に牡蠣を食べに行ったらしい。

玄次郎は突然「調理学校に行く」と言い出し、インドから帰国後、年度がかわる直前に、事務処理をギリギリで済ませ、四月から都心の調理専門学校に通いはじめた。

元々食いしん坊だった玄次郎がさらに料理に興味を持ち始めたのは、一年ほど前に「家にいるなら（小雪が子ども絵画教室でアルバイトする）月曜と水曜日は玄次郎が夕飯をつくれ」と強制したことがきっかけではないかと思う。

「なにが食べたい」と玄次郎に聞かれて「インドカレー」と即答した。私はもう人生の終わりまでインドカレーと餃子と刺身と野菜炒めのローテーションで充分である。それぞれを旬の食材でつくればもはやそのバリエーションは無限だ。「じゃ、食材を買うからお金ちょうだい」と、玄次郎は近所のインド食材店やインターネットで食材やスパイスを買い、ｉＰａｄでレシピを見ながらカレーを作った。これが旨かった。そこそこ出費したので旨くなければ困るのだが、それでも「旨い旨い。もうアジャンタに行く必要はない」と頷きながら食べたことが、玄次郎に、旨いものをつくって提供する快感を覚えさせたのかもしれない。すくなくとも本場のインドカレー（とチベット餃子）を食べてみたいという思いが、ネパール・インド自転車旅行へ参加した理由の一つだったと思う。

調理専門学校入学にともなって、一人暮らしもはじめることになり、本編に書いた祥太郎の引っ越しとほぼ同じドタバタを今度は玄次郎と繰り返した。祥太郎が住んでいる安アパートの空き部屋に入るというのも有力な選択肢だったが、より学校に近い武蔵野と都心の境界に、ドラマで刑事が聞き込みをするような安アパートを見つけてきて、そこで一人暮らしをしている。この引っ越し騒動で小雪は「ちょっと落ち着く夏くらいに引っ越せばいいんじゃないの」と祥太郎のときとまったく同じことを言っていた。

調理学校は様々な調理具を入学と同時に購入させることも商売の一部にしていた。玄次郎が購入した刃物はすべて姓が刻印され、収めるケースには我が家の家紋まで付いていた。

「すごいサービスだな」と驚いたら、学校名がたまたま我が家の名字と同じだけだった。

秋（しゅう）は高校三年の二〇二二年一二月まで陸上部で駅伝をやっていたので、試しに受けた女子大の試験には通ったものの、入学はせずに大学浪人の道を選んだ。予備校に通いながら日々、情報処理能力が自分に備わっていないことを実感しているようである。

小雪は個展をおこなうべく小さなギャラリーを予約して、ちゃんとした作品を描き溜めはじめた（らしい）。

私は山里の廃村に残る古民家を、縁あって譲り受けることになり、そこで狩猟と菜園による自給自足生活の実験をナツと一緒におこなっている。首都圏から地方に単身赴任しているサラリーマンのような生活サイクルだが、サラリーマンと違って給料が発生しない。廃村生活にかかる費用は一日せいぜい数百円だが、横浜の家の維持費や玄次郎への仕送り、秋の予備校代、税金と医療保険と年金をまとめて日割りすると一日一万円以上はかかっている（と思う）。少なくとも、乏しい貯金はすこしずつ減っている。もっと減ればいよいよ本物のサバイバル家族（というかサバイバル夫婦）になれそうだ。

私が社会人になって年末年始に親が暮らす家に帰らなくなったように、子どもたちも自分の生活を持つようになれば、我が家で過ごす時間の優先順位は下がり、大晦日に五人揃うこともなくなるだろう。三大ニュース発表大会のたびに、フルメンバーが揃うのはこれが最後かもしれない、と私は思う。一抹の寂しさはあるものの、ちょっと考えると、三〇歳、四〇歳になった子どもたちがずっと家に居続けるほうがよほど怖ろしい。

二〇二三年八月　　服部文祥

『サバイバル家族』中央公論新社　二〇二〇年九月刊

挿絵　服部小雪

中公文庫

サバイバル家族

2023年9月25日　初版発行

著　者　服部文祥

発行者　安部順一

発行所　中央公論新社
〒100-8152　東京都千代田区大手町1-7-1
電話　販売 03-5299-1730　編集 03-5299-1890
URL https://www.chuko.co.jp/

DTP　嵐下英治
印　刷　三晃印刷
製　本　小泉製本

Published by CHUOKORON-SHINSHA, INC.
Printed in Japan　ISBN978-4-12-207421-7 C1195

中公文庫既刊より

各書目の下段の数字はISBNコードです。978－4－12が省略してあります。

い-111-4
ちいさな桃源郷 山の雑誌アルプ傑作選
池内　紀編
一九五八年に串田孫一と仲間たちが創刊した山の文芸誌『アルプ』。伝説の雑誌に掲載された傑作山エッセイをここに精選。〈編者あとがき〉池内　紀
206501-7

く-27-1
遥かなる山旅
串田　孫一
山に登り自然の中に身を置くことで、自らとの対話を続けた思索家の、山エッセイ・ベストセレクション。『山歩きの愉しみ』改題。〈解説〉高丘　卓
206526-0

ね-2-8
山の人生 マタギの村から
根深　誠
下北半島にある小さな山村、畑は一子相伝でマタギの作法が受け継がれてきた村である。今は消滅してしまった畑の伝承を克明に記述した貴重な一冊。
205668-8

や-33-4
みんな山が大好きだった
山際　淳司
雪煙のなかに消えていった男たちをいま一度よみがえらせ、その鮮烈な生を解剖する！　急逝したノンフィクション作家の尖鋭的な名作。
204212-4

ね-2-10
渓流釣り礼讃
根深　誠
人生の秋を迎え、気の合う仲間たちと共に渓流に身を置き、魚影を追う。酒を堪能しつつ焚き火を囲む至福の時間を綴ったエッセイ集。〈解説〉服部文祥
206760-8

た-33-23
おいしいものは田舎にある 日本ふーど記
玉村　豊男
個性的な味を訪ねる旅エッセイ。鹿児島、讃岐、さらには秋田日本海へ。風土と歴史が生み出す郷土食はどう形成されたのか。『日本ふーど記』を改題。
206351-8

あ-13-5
空旅・船旅・汽車の旅
阿川　弘之
鉄道のみならず、自動車・飛行機・船と、乗り物全般に並々ならぬ好奇心を燃やす著者。高度成長期前夜の交通文化が生き生きとした筆致で甦る。〈解説〉関川夏央
206053-1

各書目の下段の数字はISBNコードです。978－4－12が省略してあります。

つ-3-29
地中海幻想の旅から
辻 邦生
その青さは、あくまで明るい、甘やかな青で、こちらの魂まで青く染めあげられそうだった――旅に生きた作家の多幸感溢れるエッセイ集。〈解説〉松家仁之
206671-7

み-24-1
旅は俗悪がいい
宮脇 檀
建築家の好奇心おもむくままの海外旅行記。毎年仕事で海外に国内に旅行すること百数十日。トラブルをも楽しむ好奇心いっぱいの俗悪的旅行術教えます。
201573-9

よ-5-8
汽車旅の酒
吉田健一
旅をこよなく愛する文士が美酒と美食を求めて、金沢へ、そして各地へ。ユーモアに満ち、ダンディズムが光る汽車旅エッセイを初集成。〈解説〉長谷川郁夫
206080-7

わ-25-4
旅の絵日記
和田 誠
平野レミ
レミさん和田さんが息子二人と旅に出た。フランス・スペイン・モナコ・イタリアを巡った一九八九年の夏休み。たくさんの絵と愉快な文章に心はずむ旅の記録。
207159-9

ほ-23-1
ここに住みたい
堀内誠一
絵本作家でアートディレクターの著者が描く旅の文と絵。パリの安宿料理からメキシコのお祭りまで、町歩きの楽しみがいっぱい！　オールカラーで初文庫化。
207263-3

シ-8-1
エンデュアランス号漂流記
シャクルトン
木村義昌
谷口善也 訳
初の南極大陸横断を企てた英国のシャクルトンによる探検記。遭難し氷海に投げ出されて孤立無援となった探検隊を率い、全員を生還させるまでを描く。
204225-4

カ-4-1
世界最悪の旅　スコット南極探検隊
チェリー・ガラード
加納一郎 訳
南極点初到達の夢破れ極寒の大地でほぼ全滅した悲劇のスコット隊。その探検行の真実を、生存者である元隊員が綴った凄絶な記録。〈解説〉石川直樹
204143-1

も-25-6
森博嗣の道具箱　TOOL BOX The Spirits of Tools
森 博嗣
人がものを作るときの最も大きなハードルとは、それを作る決心をすることだ――小説執筆も物作りの一つと語る著者が、その発想の原点を綴る。〈解説〉平岡幸三
204974-1